이세계에서 '평균적'인 능력을
부여받은 소녀.

성격 강한 신인 헌터.
공격마법이 특기.

검사. 신입 파티
'붉은 맹세'의 리더.

신인 헌터.
상냥한 소녀지만……

PERSONS

【브란델 왕국】

원더 쓰리

마르셀라

아델의 친구.
귀족이며 마법을 잘 쓴다.

모레나

왕국의 왕녀.
아델에게 흥미가 있다.

모니카

아델의 친구.
상인의 둘째 딸.

올리아나

아델의 친구.
평민의 딸

바노라크 왕국
아스컴으로
돌아가는 반환점

여인숙 사건이
일어난 마을

카라미테이

아스컴령

침공군

왕도
샤레이라즈

브란델
왕국

왕도

마일이
헌터 등록한 마을

왕:

티루스 왕

'붉은 맹서
등록국

아르반 제국

지난 줄거리

아스컴 자작가의 장녀 아델 폰 아스컴은 열 살이 되던 어느 날, 강렬한 두통과 함께 모든 것을 기억해냈다.

자신이 예전에 열여덟 살의 일본인 쿠리하라 미사토였다는 것과 어린 소녀를 구하려다가 대신 목숨을 잃었다는 것, 그리고 신을 만났다는 사실을⋯⋯.

너무 잘나서 주변의 기대가 커, 자기 생각대로 살 수 없었던 미사토는 소원을 묻는 신에게 이런 부탁을 했다.

"다음 인생에서 능력은 평균치로 부탁드립니다!"

그런데 뭐야, 어쩐지 이야기가 좀 다르잖아!

나노머신과 대화를 나눌 수 있고, 인간과 고룡(古龍)의 평균이어서 마력이 마법사의 6,800배?!

처음 다닌 학원에서 소녀와 왕녀님을 구하기도 하고.

마일이라는 이름으로 입학한 헌터 양성 학교에서 동급생들과 결성한 소녀 사인조 파티 '붉은 맹세'로 대활약!

청년 헌터의 등용문인 '수행 여행' 중 트리스트 왕국에서 '정체불명의 아가씨'를 구한다.

그리고 다시 고룡과의 격투. 그것도 이번에는 고룡 전사들과 싸우게 되는데!

메비스의 왼쪽 팔 그리고 고룡의 비늘.

대위기를 극복한 '붉은 맹세'였는데, 또다시 사건이 터질 예감이?!

God bless me?

CONTENTS

제81장　골치 아픈 일도 척척

"어라, 이건⋯⋯."

길드 정산이 끝나기 전까지는 이 도시를 떠날 수 없는 마일 일행이 길드 지부에서 의뢰를 물색하다가, 의뢰 보드 옆에 붙은 고지문을 발견했다.

"경매 알림⋯⋯ 앗, 고룡 비늘?"

"아, 혹시 그 헌터분들이 출품한 거 아닐까요? 우리한테 사들인 상인들이 이런 데 내놓을 리는 없으니까. 출품 수는⋯⋯ 총 세 장이네요. 아무래도 전부 잘 찾아냈나 봐요."

폴린이 그렇게 설명했다.

그렇다, 사실 현장에 남겨진 비늘은 마일 일행이 일부러 그대로 둔 것이었다.

생각해보면 알 수 있는 일이다. 그 수전노 폴린에게 시간적 여유가 있었고 탐색 마법을 잘 쓰는 마일이 있었는데도 고룡의 비늘을 전부 회수하지 않을 리는 없으니까.

고룡 비늘은 좀처럼 보기 힘든 몹시 귀한 보물이다.

지룡, 비룡처럼 용종이라는 이름만 붙었을 뿐 그저 덩치만 큰 마물이 아니라, 강대한 마력을 지녔고 인간을 넘어서는 지능을 가진 초월적 생물, 고룡.

인간과 신의 중간이라는 고룡의 비늘은 가벼우면서 튼튼한 데다가 복을 부르는 물건이랄까, 수호 부적이라는 상징적 의미까지 있어서 무척 귀한 물건이었다.

무엇보다 가장 큰 차이는 용종처럼 '종종 누군가에게 사냥당해 온몸의 비늘이 전부 시장에 돌아다니는' 일은 절대 일어나지 않는다. 기껏해야 우연히 운 좋게 입수한 비늘 한두 장이 수십 년에 한 번꼴로 시장에 나올까 말까 한 수준이다.

설령 어쩌다가 구한다고 해도 대부분은 국왕이나 대귀족에게 바로 바치거나 어마어마한 금액에 팔리기 때문에 시장에 나올 가능성은 상당히 낮지만…….

마일의 마법으로 정밀 스캐닝을 하면 작은 파편까지 포함해서 비늘을 하나도 남기지 않고 전부 회수할 수도 있었다.

다만 언젠가 다른 사람에게 설명할 때를 대비해서 너무 부자연스럽지 않도록, 조금 찾아보면 발견할 수 있게끔 상태가 썩 좋지 않은 걸 3장 남겨두었다.

금화, 아니 오리하르콘화를 내버린 것이나 다름없는 행동에 폴린이 피를 토할 것 같은 표정과 충혈된 눈으로 비늘을 숨긴 장소를 노려보았지만, 아무리 그래도 이번에는 어쩔 도리가 없었다. 폴린도 그 사실을 이해했기에 무시무시한 형상을 하고서도 뭐라고 불평하지 않았다.

"……이제 고룡 건은 괜찮겠죠. 그 헌터분들도 『고룡이 이번에 여기 온 건 인간들과 상관없는 일 때문이었다는 사실을 알려준 사람들』에 대해서는 아무 말도 안 할 테니까요. 이상한 일에 휘말리고 싶지 않은지 본인들이 익명을 요구했다고 할 테고, 길드 측도 누가 소식을 전했는지는 관심 없을 거예요."

헌터도 상인도 신용을 빼면 시체다.

약속이나 계약을 깼다는 소문이 널리 퍼진다면 더는 이 일로 밥 먹고 살 수 없을 테니까.

하물며 고룡과 비늘에 관한 이야기라면 소문이 온 나라에 퍼지는 것도 한순간일 거다.

"요컨대 이야기의 스케일이 큰 만큼 절대 약속을 깰 수 없다는 뜻이에요. 정상적인 사고방식을 가진 사람이라면……."

폴린의 말에 세 사람이 고개를 끄덕였다.

참고로 마일 일행이 확보한 비늘은 각지에서 한 장씩 팔 계획이었다. 어쩌다가 우연히 딱 한 장을 구했다고 둘러대고…….

폴린이 말하길, 그래야 시세가 폭락하지 않는다고 했다.

결국, 별로 할 만한 의뢰도 없어서 오늘은 대충 숲을 어슬렁거리다가 맞닥뜨린 사냥감을 잡는 상시 의뢰와 소재 채취를 겸하여 적당히 일하기로 하고 길드 지부를 빠져나왔다.

"슬슬 이동할 시기인가. 토룡 토벌한 돈이 들어오면 이동할까?"

"그래요. 좋은 의뢰도 없고, 토룡 한 방으로 이 도시에 이름을 충분히 알린 것 같으니."

"……너무 심하게 유명해졌지."

레나와 폴린 그리고 메비스의 말에 씁쓸하게 웃는 마일.

과연 너무 많이 튀었다.

"……그나저나 메비스, 요새 들어서 행동이 좀 과한 거 아니야? 어쩐지 갈수록 멋진 거, 좋은 거 할 것 없이 전부 메비스한테 몰리는 듯한 느낌이 드는데……."

레나가 갑자기 메비스를 물고 늘어지기 시작했다.

"그리고 보니 그런 느낌이 드네요. 『언젠가 말해보고 싶은 명대사 시리즈』도 메비스만 계속하는 것 같아요……."

"아, 아니, 별로 그렇지는……."

폴린마저 가세하자 메비스가 살짝 초조해했다. 자신도 조금 자각하고 있었나 보다.

그래서 그 책임의 일부를 지고 있는 마일이 어떻게든 감싸주려고 끼어들었다.

"그러면 레나 씨랑 폴린 씨, 저번에 테스트했던 『마포(魔砲) 소녀의 지팡이』를 쓰시겠어요? 그걸 쓰면 변신 장면이나 필살기를 쓸 때 틀림없이 시선을 끌 수 있어요! 자기만의 결정적 대사도 다양하게 쓸 수 있고요. 싸움에 종지부를 찍을 수 있을 만큼 강력한 『종식 마법』 중 하나인 뇌(雷)마법을 부여한 『뇌이징(뇌전구) 히트』와 인간을 때려죽이기에 가장 좋은 『바로데스』를 써서……."

마일의 제안에 흠칫하는 레나와 폴린.

"그리고 폴린 씨한테는 『방구(防具)맨』 시리즈의 방어구를 전송해서 장착하게 하는 방법도 있어요. 방구 겟 온, 이에요! 장착할 때 가슴이 출렁거리는 게 포인트니까 이건 폴린 씨 전용 시스템

으로……."(만화 『초음전사 보그맨』의 패러디)

그렇게 말하면서 생글거리며 새로운 장비를 권하는 마일이었는데…….

""누가 쓸 것 같아?!""

레나와 폴린은 단번에 거절했다.

전에 테스트했을 때, '변신할 때 모두가 보는 앞에서 벌거벗어야 한다'라는 부분과 그 폭신폭신 하늘하늘한 의상이 마음에 들지 않았던 모양이다.

신비로운 빛과 카메라 앵글, 난무하는 별과 지팡이의 위치에, 절묘한 밸런스로 '중요 부위'를 아슬아슬하게 가리는 완벽한 안무(구속계 마법으로 몸을 강제로 움직인다)까지 짜냈는데…….

"귀엽고 멋지고 방어 효과도 뛰어난데……."

꼭 활약할 기회를 만들고 싶어 보이던 나노머신들의 전면적인 협력으로 연구, 개발된 만큼, 레나와 폴린에게 거절당해 그대로 보류되어버린 것이 천추의 한이 된 장비들이다.

만약 채택되었다면 나노머신들도 그녀들의 전속이 되어 즐길 수 있고, 장비 이외에도 필살기나 스페셜 이펙트(특수효과) 요원으로 더 많은 나노머신들이 활약할 기회를 만들 수 있었다.

좌우지간 메비스에게 향한 레나 일행의 비난을 겨우 무마시키는 데 성공한 마일이 고개를 절레절레 흔들며 가슴을 쓸어내리고 있는데…….

"하지 마! 이거 놓으라고!"

움찔!

어린 여자아이가 도움을 요청하는 목소리라면 몇 킬로미터 떨어져 있어도 다 들린다는, 마일의 지옥귀(어린소녀귀)가 반응했다.

"……아니, 우리도 들었어, 물론……."

마일의 태도로 모든 것을 알아차린 레나가 그렇게 중얼거렸다. 메비스와 폴린도 고개를 끄덕였다.

"……아니 그럴 필요도 없이, 보이잖아요, 저기에……."

폴린의 말대로 마일 일행의 몇 미터 앞에서 벌어지고 있었다.

"마일, 『어린 여자아이』는 보통 5~6세 정도를 말하는 건데……."

무슨 영문인지, 갑자기 마일에게 그렇게 말하는 폴린.

……너무 잘 알아차렸다.

아니, 늘 있는 일이라 얼굴만 봐도 마일이 무슨 생각을 하는지 충분히 알고도 남았다.

그렇다, 그곳에서는 일고여덟 살배기 여자아이가 불량해 보이는 남자 셋의 손에 이끌려 억지로 어머니에게서 떨어지는 광경이 펼쳐지고 있었다.

"뭐야, 너희는……. 제삼자는 상관 말고 썩 꺼져, 이 꼬맹이 계집애들아!"

자신들 앞을 가로막고 선 '붉은 맹세'를 향해, 불량배 중 대장으로 보이는 자가 소리쳤다.

그리고…….

"호호우."

""호호우…….""

"""""호호우…………."""""

"뭐, 뭐야! 미리 말해두는데, 이 녀석들이 빌린 돈을 안 갚으니까 대신에 이 녀석을 데리고 가는 것뿐이라고! 빚을 안 갚는 이 녀석 부모가 잘못한 거야. 우리는 하나도 나쁘지 않아!"

아무리 상대가 어린 여자라지만 3 대 4. 게다가 상대는 검으로 무장한 두 명에 누가 봐도 마술사인 둘로 이루어진 헌터 파티다. 검술을 익힌 것도 아니고 마법도 쓸 줄 모르는 자신들이 훨씬 불리하다고 생각했는지, 힘이 아니라, 말로 해결하려고 생각한 모양이었다.

그 판단은 옳았다.

물론 옳았지만…….

"그래서요?"

"……응?"

마일의 물음에 당황한 불량배들.

"아니, 빚 문제랑 지금 댁들이 거기 여자분을 밀치고 어린아이의 팔을 비튼 폭력 행위, 즉 범죄 행위랑 무슨 관련이 있죠? 돈을 빌려준 사람한테는 폭력을 쓰거나 죽이는 범죄 행위를 해도 상관없다는 건가요? 경관님들이 그 말을 받아들일지 한 번 실험해볼까요?"

"으윽…… 그런 억지를…….."

"그리고 방금 자기 입으로 자백했잖아요?『빌려준 돈 대신에 데려간다』라고. 자, 인신매매 조직 일당이라는 자백, 잘 들었습니다!

인신매매 조직 유괴범들로부터 어린 소녀를 보호하기 위한 정당방위니까 죽여도 무죄, 아니, 보상금까지 나오겠네요! 산 채로 잡아가면 범죄 노예로 넘긴 이익의 절반을 받을 수도 있고요!"

"""아!"""

마일이 화나면 말다툼, 아니 '말 공격'을 이길 사람이 없다.

마일은 인간관계 구축이 서툴렀지만, 말도 안 되는 변명을 하든 생떼를 부리든, 아무튼 일방적으로 상대방의 말꼬리를 잡아 물고 늘어지는 기술은 서툴지 않았다.

"폭력 행위 및 유괴 현행범, 거기에 자백도 들었고요. 더구나 먼저 실력 행사에 들어간 것도 모자라 인질까지 잡아두었죠. 이건 뭐, 무기를 써서 인질을 구해낼 수밖에 없는 상황이네요. 올 웨폰 프리(모든 무기 사용 자유)예요!"

"나한테 맡겨!"

검을 스윽 뽑는 메비스.

"맡겨 줘!"

"알겠어요!"

지팡이를 들어 올리고 자세를 잡는 레나와 폴린.

그리고 히죽 웃는 마일.

"""두, 두고 보자~!!!"""

어린 소녀를 놓아준 불량배들이 전형적인 패배자 멘트를 날리며 토끼처럼 부리나케 줄행랑쳤다.

"""""""오오오오오오!"""""""

그리고 칭찬과 감탄사와 함께 터져 나오는 박수. 어느새 구경

꾼들이 주위를 빙 에워싸고 있었다.

모녀가 정작 위험할 때는 불똥이 튈까 봐 무서워서 근처도 오지 않은 주제에, 휘말릴 걱정이 사라지자마자 착한 얼굴을 하다니.

그런 생각에 씁쓸한 표정을 짓는 폴린과 레나였는데, 마일과 메비스는 조금도 그렇게 생각하지 않는 듯했다.

'……뭐, 이런 식으로 쫓아내 봐야 아무것도 해결되지 않지만 말이죠…….'

웃으며 어린 소녀와 어머니를 안아 일으키는 마일과 메비스와 달리, 폴린과 레나의 눈은 조금도 웃지 않았다. 상인의 딸이었다, 두 사람의 눈은…….

* * *

"……그렇게 해서, 빚이…….."

"그렇군요…….."

싸움에는 강해도 어린 소녀에게는 약한 마일과 메비스가 그 모녀를 그대로 내버려 둘 리 없었다. 소녀의 다친 팔에 힐(회복마법)을 걸어준 후 집까지 바래다주고…… 그대로 사연을 들어주었다. 폴린과 레나의 '아……' 하는 표정을 곁눈질하면서.

"요컨대 빌린 돈을 못 갚았다, 그런 말씀이시죠?"

"네, 네에…….."

폴린의 매정한 말투에 그렇게 대답하며 고개를 끄덕이는 어머니.

"흔한 이야기네요……."

그렇다, 흔한 이야기. 아니, 지나치게 매우 흔한 이야기였다.

"폴린 씨, 말투 좀!"

하지만 아무리 '흔한 이야기'라 할지라도 이 모녀에게는 일생일대의 중대사임이 틀림없다. 마일은 곧장 다소 배려가 부족한 폴린의 말투를 지적했으나…….

"확실히 이자가 좀 비싼 편이네요. ……하지만 그걸 알고도 빌린 거 아닌가요? 그자들이 딱히 계약서를 고쳐 썼다거나 바꿔치기한 것도 아니고, 오히려 변변한 담보도 없으니 금리가 높은 곳에서 빌린 거 아닌가요? 게다가 그때는 돈을 빌린 것만으로 좋아했겠죠. 제 말이 틀렸나요?"

"아, 네에, 그건 뭐……."

폴린의 질문에 어머니가 다소 말하기 어렵다는 투로 대답했다.

폴린은 질문을 멈추지 않았다.

"빌릴 때는 신처럼 떠받들다가 갚을 때는 귀신이나 악마 취급인가요. 상대는 그저 계약 이행을 요구하는 것일 뿐인데……. 애당초 왜 금리가 높다고 생각하나요? 그건 변제 불능 위험이 큰 사람에게도 빌려주기 때문이에요. 위험이 크다는 건 빌린 돈을 갚지 않는 사람이 많다는 뜻이죠. 당신들처럼 빌려준 돈을 갚지 않는 사람이 많이 있기 때문이라고요. 그러니 조금은 강경하게 받아내지 않으면 만만한 얼굴로 대하면 빌릴 만큼 빌린 다음에 떼어먹어도 된다고 생각하지 않겠어요? 또 사업이 망하지 않으려면 그 손실금을 메우기 위해서 금리를 높일 수밖에 없어요. 만약 금리를 낮추면 위험도가 높은 사람, 즉 당신들 같은 사람한테는 못 빌려주게 돼요. 당신에게 돈을 빌려주지 않은 다른 대부업체처럼요. 그런데도 당신은 위험한 고객에게도 기꺼이 돈을 빌려주는 친절한 대부업체에 빌린 돈을 갚지 않고 달아날 셈인가요?"

폴린은 기분이 언짢았다.

……그것도 '조금 언짢은' 정도가 아니라 '최악'이었다.

아무래도 정당한 사업인 '대부업'이라는 업종에 대해 억측이 난무하고 그로 인한 피해가 생기는 상황이 줄곧 맘에 들지 않았던 모양이었다.

물론 폴린의 말은 틀리지 않았다.

돈을 빌려놓고 변제 기한이 다 되었는데도 '돈이 없어서'라는 이유로 갚지 않는다면 빌릴수록 이득이고 빌려준 쪽은 결국 도산하게 된다. 그런 어처구니없는 일이 일어나도 될 리 없다.

빌려놓고 갚지 않는 사람이 나쁜 것이다.

권력자와 경관이 대부업자의 편을 드는 것은 법을 수호하는 자로서 당연한 일이지, 결코 악당들과 한패인 것이 아니다.

……물론 그렇다고 해서 폭력이라든지 인신매매가 허용되는 것은 아니지만.

"금융업자는 늘 나쁜 사람 취급을 받죠. 그것도 위험도가 높고 질 나쁜 고객에게도 돈을 빌려주는 친절한 업자일수록……. 아니, 빌린 돈을 갚지 않는 계약 위반자에게는 거칠게 대해서라도 돈을 받아내는 수밖에 없잖아요? 안 그러면 장사가 안 되는데!"

"하긴 그것도 그래. 돈을 빌린 사람이 불쌍하니까 우리가 대신

돈을 갚아준다거나 대부업자를 혼내주는 것도 좀 그렇지. 애당초 그 대부업자가 망해버리면 앞으로는 담보 없는 사람한테 돈을 빌려주는 자가 아무도 없을 거야. 돈을 갚지 않는 사람은 많은데, 돈을 갚으라고 재촉하면 나쁜 사람 취급이나 받으면서 정의의 편을 자처하는 사람들 손에 죽거나 사업이 망한다거나 하는 건 좀……."

""허어어어어억…….""

자신들을 동정해서 고민을 들어줄 거라고 철석같이 믿었던 모녀는 폴린과 메비스의 말에 아연실색했다.

마일과 레나도 폴린의 너무나 설득력 있는 말에 고개를 마구 끄덕였다.

"……뭐, 그것도 불법적인 수단을 쓰지 않았을 때의 이야기지만."

폴린, 아무래도 평소 가진 불만을 표출하고 싶었을 뿐이지 딱히 이 모녀에게 불만이 있는 것은 아닌 모양이었다.

"……그런데 갚을 방법도 없으면서 왜 돈을 빌린 거죠?"

폴린이 그것만은 확인이 필요하다는 투로 묻자…….

"그게, 남편이 먼 곳으로 거래를 하러 나갔는데, 그곳에서 병에 걸려 몸져눕는 바람에 거래는 무산된 건 물론이요, 체류비나 약값으로 거래 자본까지 다 빠져나가면서 생활비도 모자란 처지가 되었습니다. 하지만 전혀 가망 없는 돈을 빌린 건 아니에요. 이자가 한 달에 20%나 되긴 했지만, 이 정도는 외상값만 받아내도 충분히 갚을 수 있었습니다. 그런데……."

"그런데?"

"기한을 사흘 남기고 돈을 갚으러 찾아갔더니, 대부업체의 문이 닫혀 있고 『며칠 쉽니다』라는 종이가 붙어 있더군요. 그래서 변제일 다음 날 다시 가게에 갔더니 『기한을 지키지 못했으니 위약금을 내야 한다』 하면서 갚을 돈의 2배나 되는 돈을 더 청구하더군요. 덕분에 저희는 3배나 되는 돈을 갚아야 하는 신세가……."

"""""아~…….""""""

기본. 기본 중의 기본이다. 『사기 입문』이라는 책이 있다면 3쪽 언저리쯤에 나와 있을 법한, 너무나 고전적인 수법이었다.

'이런 간단한 사기가 먹히다니……. 하긴, 텔레비전도 신문도 없으니 사기 수법이 널리 알려지긴 어려울지도 모르겠네. 가만? 그렇다는 건, 어쩌면 다단계라든가, 일본에서는 아슬아슬하게 위법이 아닌 수법이라거나 보이스피싱 같은 짓을 해도 다 통한다는 뜻인가? 사기 업계의 블루오션?!'

그런 생각을 하는 마일이었지만 물론 진짜로 할 생각은 없었다.

……하지만 만약 폴린에게 사기 수법을 몇 가지 전수한다면…….

조금, 무서운 생각을 해버리고 마는 마일이었다.

한편 사태의 진상을 들은 폴린은…….

털썩.

그렇게나 열변을 토하며 대부업자를 싸고돌았는데, 이런 결말이라니. 그야 김이 빠질 만도 하겠지…….

"……해치웁시다."

돌아선 팬이 안티 팬보다 무서운 법.

그냥 조금 독한 고리대금업자라고 생각하고 감쌌더니만, 알고 보니 굉장히 죄질 나쁜 고리대금업자였고 돈을 빌린 쪽은 아무런 죄도 없었다.

그래서 창피를 당했다고 할까, 체면을 구겼다고 할까, 잘 알지도 못하면서 함부로 말한 것에 대한 자업자득임에도 불구하고 엄한 데 화풀이를 하는 폴린이었다.

"이야기를 제대로 들어보지도 않고 나서니까 그렇지."

레나가 황당하다는 표정으로 지적하자 더욱 의기소침해진 폴린.

"……돈을 빌려놓고 돌려주지 않는 인간쓰레기나 계약을 지키지 않는 악독한 고객한테는 거칠게 나가거나 다소의 협박은 해도 괜찮…… 아니, 하는 게 당연하다고요! 그리고 자기 쪽에서 계약을 깨거나 비겁하게 사기 치는 상인은 이 세상에서 사라져야 마땅해요, 당연히!"

"그렇군요, 그것이 상인의 법도이고 나쁜 상인은 사라져야 한다는 거죠?"

폴린의 말에 순순히 납득하는 마일.

그리고는 레나에게 머리를 얻어맞았다.

"그렇게 뭐든 다 쉽게 믿고 액면 그대로 받아들이지 말라고!"

"……그럼 습격 작전은?"

"안 해!"

마일의 소박한 질문에, 관자놀이에 핏줄을 세우며 화내는 폴린. 이번 일에 상당히 화가 난 듯했다.

"상대가 실력 행사에 나서면 우리도 똑같이 해주면 되는 거예요. 정당방위로, 수십 배 수백 배로 돌려주면……."

"엥, 그건 정당방위의 영역을 넘어서는······."

"시끄러워!"

"네, 네엣, 잘못했습니닷!"

바로 사과하는 마일.

폴린, 무쌍 모드였다.

이럴 때는 폴린의 뜻을 절대 거슬러서는 안 된다. 그 정도쯤은 일찌감치 학습한 삼 인방이었다.

"상대가 사기로 나오면 우리도 똑같이 사기 쳐서 갚아주면 되는 거예요. 『내가 심연을 들여다보면 심연도 나를 들여다본다』라는 말도 있잖아요?"

"아, 그게 그런 의미였구나······."

"아니 그렇게 쉽게 믿지 말라니까······."

*　　*

"뭐라고요?! 커다란 비늘이요?!"

이곳은 어느 중간 규모의 상회 입구.

젊은 여성 넷으로 구성된 파티가 한 번 봐줬으면 하는 게 있다며 찾아와 스무 살 전후의 중간관리인 같은 자가 응대하다가, 파티 리더의 말에 무심코 놀라서 소리쳤다.

다른 손님도 있는 가게 앞에서 상품 거래에 관해 큰 목소리로 말하는 것은 상인으로서 엄청난 실수였다. 하지만 그들이 말한 상품은 아직 경험이 얕은 중간관리인이 무심코 흥분할 수밖에 없는 것이었다.

커다란 비늘.

그 말을 듣고 보통 제일 먼저 드는 생각은 '무엇의 비늘일까?'다.

하지만 그건 '보통'일 때의 이야기였다.

요즈음 이곳 왕도 상인들 사이에 몹시 뜨거운 화젯거리가 하나 있었다. 바로 '고룡의 비늘이 경매에 올라왔다'는 소문이었다.

아니, 정식으로 발표되었으니 '소문'이라는 표현은 어울리지 않았다. 그건 엄연한 '사실'이니까.

조사 의뢰를 받은 B등급 파티가 발견했다는, 고룡들이 난동을 부린 흔적과 그곳에 떨어져 있던 비늘 몇 장. 상당히 망가진, 불에 타 그을음이 남아 있는 조각이지만 그래도 엄청난 값어치가 있을 터였다.

그런데 이 젊은 여성 파티 멤버들이 말하기로 '채취나 사냥을 하다가 뭔가 커다란 마물이 날뛴 듯 엉망이 된 곳을 발견했고, 그곳에 비늘 같은 것이 떨어져 있었다. 뭐가 뭔지 잘 모르겠지만 돈이 될 것 같아서 일단 주워와 봤다'는 것이다.

조사 의뢰를 받은 헌터들보다 먼저 그곳을 우연히 지나친 것일까. 아니면 다른 장소에서도 고룡들이 난동을 피웠던 것일까. 그것은 잘 모르겠지만 이 여성들이 가져온 비늘이 만약 '그것'이 맞는다면. 그리고 이 경험이 별로 없어 보이는 여성들이 그게 무엇인지 모른다면.

"어, 어서, 이쪽으로!"

그는 그걸 봐도 제대로 감정할 자신이 없었다. 고룡 비늘은커녕

지룡이나 비룡의 비늘조차 본 적이 없으니 어쩌겠는가. 윗사람에게 맡기는 수밖에 없었다.

어쨌든 지금 가장 중요한 것은 이 손님들을 절대 놓쳐서는 안 된다는 사실이었다.

"오래 기다리셨습니다……."

상회 안쪽에 있는 거래 상담용 작은 방으로 안내받은 '붉은 맹세'가 홍차를 마시며 잠시 기다리자, 조금 전의 중간관리인이 나이 지긋한 남자 두 명과 함께 돌아왔다.

"상회주 메르훅트 그리고 총지배인 하울이라고 합니다."

둘 중 배가 나온 쪽, 상회주가 그렇게 말한 후 두 명이 동시에 고개 숙여 인사했다. 이렇게 언뜻 어려 보이는 파티를 상회주와 총지배인이 정중하게 응대하는 것은 보통 있을 수 없는 일이었다.

아무래도 중간관리인이 상황을 설명한 모양이었다.

아마 지금부터는 이 두 사람이 이야기를 진행하고 중간관리인은 공부 차원에서 함께 자리를 지킬 것이다. 말단 직원에게는 엄청난 서비스인데, 중요한 손님을 확보하고 자기가 상대하기에 힘에 부친다고 판단해 윗선으로 넘긴 행동에 대한 보상 같은 것이리라.

"듣자 하니 진귀한 물건을 가지고 오셨다지요? 보여주실 수 있습니까?"

"물론이지요. 마일, 꺼내줘."

교섭 담당은 물론, 폴린이었다.

마일은 시키는 대로 아이템 박스(수납마법)에서 현물을 꺼내 테이블 위에 올렸다.

흠집도 불에 탄 흔적도 전혀 없는 최상품인 비늘 한 장을.

"자, 확인해보세요."

"이, 이, 이것은……."

총지배인이 말을 더듬었으나, 상회주 메르훅트는 냉정한 얼굴이었다.

"흠, 그래 봐야 대형 마물의 비늘 따위겠지요. 처음 보는 물건이긴 합니다만 뭐, 송곳니나 뿔, 모피도 아니고 그냥 비늘 한 장이니까요……. 그래도 모처럼 저희 상회를 선택해 방문해주셨는데 그대로 돌려보내는 것도 마음이 불편하니. 그래요, 소금화 6닢……, 아니, 7닢에 받도록 하지요."

평소 같으면 일단 마일의 수납마법에 깜짝 놀라야 할 터였다. 그런데 그 단계를 완전히 건너뛰고, 심지어 '별로 대단하지도 않은 물건'이라는 식의 태연한 태도.

마일이나 메비스였다면 깜빡 속아 넘어갔겠지만, 안타깝게도 폴린을 속이기란 그리 쉽지 않다.

수납마법에 대해 언급하지 않은 것은 그 이상으로 마음 쓰이는 게 있다는 뜻이며 상인다운, 고객에 맞추는 다소 과장되기까지 한 표정 변화를 보이지 않은 것은 자신의 표정 변화를 눈치채지 못하게 하려고 필사적으로 평정을 가장하고 있다는 뜻이었다.

그리고 무엇보다도 폴린은 자신들이 꺼낸 것이 무엇인지 잘 알고 있었다. 물론 그 진정한 가치까지도.

……그렇다, 그것은 정말 몇 장밖에 없는 '거의 완전한 상태의 고룡 비늘'이었다.

"오오, 소금화 7닢이면 사나흘은 여관에 머물면서 식사도 실컷 할 수 있어요!"

기쁘게 말하는 마일을 보며 상회주가 미소를 머금었는데…….

"그것 봐, 내가 말한 대로 두 장 다 줍길 잘했지?"

움찔!

마일에 이은 메비스의 말에 그의 표정이 그대로 굳었다.

"두, 두 장이라는, 말씀은…….."

"아, 깨끗한 게 두 장 있기에, 수납 용량이 좀 아슬아슬하긴 했지만 다 주워왔거든요. 한 장이면 충분하다는 의견도 있었지만, 제가 리더 권한으로 밀어붙여서…….."

메비스의 설명에 입을 꾹 다문 상회 사람들. 두 장 다 손에 넣을 방책을 짜내기 위해 최대한 머리를 굴리고 있는 모양이었다.

"수납 용량을 비우려고 짐을 꺼내 등에 짊어지기도 하고 예비 물을 버리면서 온 보람이 있었네. 네가 『값나가는 것일지도 모르니까 흠집 안 나게 다른 짐을 수납에서 빼서 직접 짊어지자』라고 처음에 말했을 때는 완강하게 반대했었지만…….."

그리고 메비스의 말을 보충하기 위해 대사를 덧붙이는 레나.

지금 비늘을 한 장밖에 가져오지 않은 이유는, 마일의 수납 용량이 작은 데다가 너무 꽉 채우면 비늘에 흠집이 날지도 몰라서 걱정되었기 때문이라고 둘러댄 것이다. 또 이 비늘이 좋은 값에 팔릴지 어떨지 확신이 없었다는 식으로…….

그 말을 들은 상회 사람들은 당연히 이렇게 생각했다.

우연히 그 B등급 파티보다 먼저 현장을 찾은 이 소녀들이 그 가치도 알지 못한 채 제일 상태 좋은 비늘 두 개를 가지고 돌아왔다고.

그 B등급 파티가 가져와서 경매에 내어놓을 예정인 고룡 비늘은 전부 다 크게 파손된 '조각'이었고, 심하게 탄 것도 많았다고 들었다.

하지만 이쪽은 거의 온전한 상태로, 별로 크지는 않지만 방어구로 가공할 수 있었다. 이 비늘에 과연 어느 정도의 가치가 있을지…….

게다가 무려 두 장씩이나!

한 장을 국왕 폐하께 바치고 나머지 한 장은 상급귀족들을 모아 경매에 부치면 명예와 포상, 그리고 막대한 돈벌이까지…….

잘만 하면 일대 귀족이나 나이트(훈작) 정도의 작위를 받을 가능성도 충분히 있다.

""..............""

아직 간신히 평정을 유지하고 있는 것처럼 보이는 상회주였지만, 폴린의 눈에는 두 사람의 마음이 다 보였다.

그거야 간단하다. 자기가 그 사람의 입장이라면 어떨지 생각해 보면 되니까 말이다.

"나머지 한 장도 같은 감정가인가요?"

폴린의 질문에 묵묵히 고개를 끄덕이는 상회주. 아무래도 자제

심에 한계가 찾아온 듯했다.

"그럼 나머지 한 장도 들고 올까요? 아아, 처음부터 다른 짐을 다 빼고 그 한 장도 수납에 넣어올 걸 그랬네요……."

마일의 말에 생각이 짧았네, 하고 맞장구치는 레나.

"그럼 일단 그냥 돌아가서 나머지 한 장도 가져올게요."

폴린의 말에 테이블 위에 있던 비늘을 다시 수납하는 마일.

"아……."

상회주는 자리에서 일어나는 폴린 일행을 붙잡고 일단 이 한 장만이라도 지금 사야 하는 게 아닐까 생각했지만 지금 나머지 한 장도 가지러 가겠다는 사람에게 허둥지둥 한 장만 우선 팔라고 하는 것은 누가 봐도 너무나 부자연스러웠다.

만약 의혹을 느끼고 다른 상회로 발길을 돌리기라도 한다면 큰일이다. 지금은 최대한 자연스럽게 행동하면서 의심을 사지 않아야 한다.

이곳에서 숙소까지 곧장 왕복만 하면 다른 상회에 정보가 새어나갈 일도, 어린 소녀들이 쓸데없이 지혜를 짜낼 일도 없다.

그렇게 여긴 상회주는 조급한 마음을 억누르고 미소를 지으며 소녀들을 배웅했다.

"……완벽해요. 여러분, 참 잘해주었습니다."

나머지 세 사람을 격려하는 폴린.

"그 상회가 대부업체의 제일 윗선이니까 이제 정보를 조작하기만 하면 돼요. 그리고 거짓말하지 않고, 사람을 속이지도 않고,

하늘을 우러러 한 점 부끄러움 없이 정당한 거래를 하면 되는 거예요…….”

생긋…….

그것은 나쁜 미소를 머금은 폴린의 얼굴을 볼 때, 도저히 믿기 힘든 말이었다.

“그럼 나머지는 예정대로…….”

“방치 플레이죠!”

마일의 말에 곧바로 상냥하게 대답하는 폴린이었다.

그 티 없이 맑은 미소가 무서웠다. 너무 무서웠다…….

‘어째서 저렇게 밝은 미소로 저런 대사를 할 수 있는 거냐고…….’

조금 소극적인 태도인 레나.

‘적으로 돌리면 무섭지만, 같은 편이면 든든하지…….’

솔직히 그렇게 생각하는 메비스.

‘적으로 돌리면 무섭지만, 같은 편이면, 더 무섭다고요오!’

그리고 완전히 학을 떼는 마일이었다…….

* *

다음 날 ‘붉은 맹세’가 헌터 길드 지부에 얼굴을 내밀자, 한 남자가 혈색을 바꾸고 달려왔다.

“왜 오지 않은 겁니까!”

바로 어제 만난 상회주였다.

총지배인과 중간관리인이 아니라 상회주가 직접 헌터 길드에서 언제 올지도 모르는 헌터를 줄곧 기다리다니, 웬만큼 다급한 일이 아니면 절대 있을 수 없는 일이었다.

"나머지 비…… 아니, 팔 물건을 가지고 바로 돌아오겠다고 했 잖습니까! 그런데 왜 안 왔느냔 말입니다!"

입 밖으로 나올 뻔한 '비늘'이라는 단어를 급하게 도로 삼키고, '팔 물건'이라고 정정한 상회주.

당연하겠지. 이런 곳에서 큰 목소리로 그 단어를 입에 올렸다 가는 사람들이 모여들어, 자칫 잘못하면 그게 무엇인지 그리고 어느 정도의 가치가 있는지 알려줄 가능성이 있다. 지금은 장소 를 옮겨야 한다.

"일단 저희 상회로 같이 가십시다!"

그렇게 말한 후, 최연소에 제일 약해 보여서 밀어붙이기 좋을 것 같은 마일의 팔을 잡아당겨 길드 밖으로 끌고 나가려 하는 상 회주. 한 명만 끌고 가면 나머지도 자동으로 따라오겠지, 하는 의 도였으리라. 그리고 실제로 나머지 세 사람도 어깨를 으쓱대며 따라오고 있었다.

물론 마일이 다리에 힘을 주고 버티면 아무리 몸무게가 가볍더 라도 그리 쉽게 끌려가지는 않을 것이다. 그저 일부러 순순히 끌 려가고 있을 뿐이었다.

""""이런이런…….""""

뒤에서는 메비스의 시연과 토롱 토벌 그리고 '미스릴의 포효'가 들려준 '붉은 맹세'에 관한 에피소드 때문에 어느 정도 마일 일행 을 이해하기 시작한 헌터와 길드 직원들의 황당해하는 목소리가 쏟아지고 있었지만, 상회주는 그 목소리가 무엇을 의미하는지 조금도 알아차리지 못했다.

　"……그래서, 왜 어제는 바로 돌아오지 않았던 겁니까?!"

　일단 손님인 만큼 정중한 말투를 쓸 생각은 있는 듯했지만, 상회주의 얼굴에서 어제와 같은 미소는 사라지고 험상궂은 표정에 어조도 싸늘했다. 상당히 화가 난 모양이었다.

　뭐, 그 대단한 물건을 그대로 놓쳤을지도 모른다는 생각에 전전긍긍하느라 어젯밤에 한숨도 자지 못했을 테니, 그렇게 나오는 것도 무리는 아니다.

　자기 상회의, 안쪽 깊은 곳에 있는 작은 방. 방음까지 신경 써서 만든 그 특별실로 '붉은 맹세' 일행을 데려간 상회주는 굳이 목소리를 낮추지 않고 그렇게 소리를 질렀다.

　……아니, 고객에게 이래도 될까 싶기도 하겠지만, 지금 그걸 따질 때가 아니리라.

　산전수전 다 겪은 연륜 있는 상회주 치고는 엄청난 실태였지만, 어린 계집 따위가 약속을 깨고 사람을 바보로 만들어 간밤에 한숨도 자지 못한 게 화가 나, 자기도 모르게 말이 거칠어지고 있는 듯했다……

　"아니, 사실은 바로 돌아오려고 했는데요, 저희가 신세 졌던 모녀가 빚을 갚지 못해 곤경에 빠진 것을 보고 빚 갚는 데 도움이 되면 좋겠다는 생각에 비늘을 두 장 다 줘버렸거든요."

"무, 무무무, 뭐어라고오오오오~~!?"

폴린의 설명을 듣고 절규하는 상회주.

아무리 방음 처리가 되어 있어도 이 소리는 분명 상회 안에 울려 퍼졌겠지…….

"무, 무무무, 어, 어어어, 아, 아아아……."

상회주의 입에서 나온 소리는 제대로 된 단어를 만들지 못했다.

그리고 잠시 후, 겨우 의미를 지닌 단어가 나왔다.

"어, 어떻게……."

폴린이 태연하게 대답했다.

"뭐, 고작 소금화 14닢밖에 안 되지만 그래도 조금이나마 도움이 될까 싶어서요……."

그 말에 상회주는 창백해진 얼굴로 입을 뻐끔거렸는데, 목소리로 나오지는 못했다.

"그러니 어제 했던 이야기는 없었던 거로 하죠. 아직 정식 계약을 한 것도 아니고, 금액만 들었지 『판다』는 말은 안 했으니까 상관없죠?"

상관없을 리가 있나.

하지만 그건 '그의 사정'일 뿐이지, 비늘을 팔지 않았다고 불평할 수 있는 건 아니었다.

어떻게든 비늘을 손에 넣어야 한다.

그렇게 생각한 상회주는 머리를 최대한 굴렸다.

"그, 그, 양도했다는 상대는……?"

"네? 아, 그건 당신들이랑 상관없잖아요? 저희 지인의 개인적인 정보를 남에게 함부로 말할 생각은 없어요. 그것도, 빚과 관련된 민감한 문제에 대해서는……. 그럼 이제 저희에게는 더 용건 없으시죠? 그럼 이만 실례할게요. ……돌아가요, 여러분!"

"""네~에!"""

방긋 웃으며 입을 모아 대답하는 레나 삼 인방.

아, 아니, 기다려, 하고 말하는 상회주를 그대로 내버려 두고 자리에서 일어서는 '붉은 맹세' 멤버들이었다.

"……당장 찾아내! 고룡 비늘을 양도받았다는 자를 찾아! 빚이 있다고 하니, 우리 금융 부문에 알아보라고 시키면 정보를 줄 수 있을 거야. 다른 가게 녀석들한테 절대 정보가 새어 나가지 않도록 조심하면서 빨리 알아내야 한다, 서둘러!!!"

'붉은 맹세'가 떠난 직후, 상회주의 외침이 가게에 울려 퍼졌다.

"……판은 다 깔았어요. 이제 멍청한 인간이 우리 계획대로 움직이는 것을 구경하기만 하면 돼요."

가게를 빠져나와 숙소로 돌아가면서 폴린이 모두에게 설명했다.

"또 다른 배우의 연기는 연습 결과 충분히 합격점에 도달했어요. 명연기를 기대해보자고요."

또 티 없이 맑은 미소를 선보이는 폴린이었다.

모르는 사람이 보면 성직자가 아닐까 생각할 정도로 자애심이 가득한 미소였다.

……다만, 이따금 감성이 예민한 동물이나 어린아이들이 보면 잔뜩 굳은 표정으로 달아나곤 하지만.

그리고 조금 흠칫거리면서, 폴린의 말에 고개를 끄덕이는 나머지 세 사람이었다…….

* *

그날 저녁.

"……운이 따라주네……. 따라준다고! 설마 비늘을 양도받았다는 사람이 빚진 상대가 우리 금융 부문이었을 줄이야……. 더구나 점주가 병으로 부재일 때 그 아내가 먼저 비늘의 가치도 모르고 『비룡의 비늘』이랍시고 사줄 수 없냐 하다니……. 푸하하, 이게 무슨 굴러 들어온 호박이야, 나한테! 내 입으로 말하기도 그렇지만 장사의 여신에게 사랑받는 내가 무서울 정도야! 푸하! 푸하하하하!"

부하로부터 보고를 받은 상회주는 웃음을 참을 수가 없었다.

"좋아, 내일 아침에 그 상가로 가자! 금융 부문 담당자를 불러와라! 그쪽에도 아침 일찍 방문하겠다는 이야기를 미리 전해라. 푸하, 푸하하하……."

　부부와 종업원 세 사람까지 총 다섯 명이 꾸려나가고 있는 영세상점, '아리토스'.

　그 영세상점에 판매업에서 금융업까지 폭넓게 발을 담그며 몹시 악랄한 장사를 한다는 소문이 도는 중견 상회의 상회주가 금융 부문 담당자와 총지배인, 중간관리인 그리고 호위들을 데리고 찾아왔다.

　물론, 상회주가 이런 일로 상점을 직접 찾아가는 일은 없었다. 가더라도 총지배인 아니면 중간관리인을 보낸다거나, 상대를 이쪽으로 부르면 그만이었다.

　그가 호위까지 끌고 나온 건, 자신이 여기저기서 원한을 많이 사고 있다는 걸 ……적어도 호위 고용 비용이 아깝지 않을 정도는 원한이 많다는 걸 알고 있다는 의미였다.

　그런데도 상회주가 굳이 직접 나선 이유는 물론, 그 물건 때문이었다.

　"……비룡의 비늘이요?"

　"네, 친구가 준 겁니다. 이걸 팔아서 빚과 위약금 대신에 받아주실 수 없나 하고…….."

　팔 곳을 직접 찾아다닐 시간이 없었다면서, 돈 대신 물건을 받아 달라는 부인.

　평소라면 모를까, 몇 시간 안에 급하게 처리하려다 보면 터무니없는 흥정이 나오는 게 당연지사. 자칫 잘못하면 본래 가격의 절반도 못 받을 수도 있다. 그럴 바에야 원래 가격에는 미치지 못하더라도 이것으로 빚을 갚는 게 차라리 낫다고 생각했으리라.

그건 틀린 생각은 아니었다.

……그 상품이 정말로 '비룡의 비늘'이었다면 말이다.

그리고 기적처럼 이어지는 행운에 마구 상회주는 마구 흥분하였다.

절대 놓칠 수 없는 거래였기에 금융 담당자와 함께 몸소 찾아와 직접 교섭에 나선 상회주는 터져 나오려는 웃음을 억누르느라 필사적이었다.

이 상점의 주인이 여기 있었다면 이런 식으로 수월하게 이야기가 흘러가진 못했으리라. 하지만 남편은 외상값을 받기 위해 이곳에서 조금 멀리 떨어진 도시에 나가 있어서, 장사에 문외한인 듯한 그의 아내가 빚 변제 독촉에 대응하고 있는 모양이었다.

아무리 장사를 남편에게 다 맡긴다지만 명색이 상인의 아내가 이렇게까지 몰라도 될 일인가.

……될 일이다.

그것이 자신의 돈벌이에 도움이 된다면!

그렇게 생각하자 눈앞에 있는 멍청한 여자에 대한 고마운 마음이 점점 부풀어갔다.

"어쩔 수 없군요……. 저희도 자선 사업을 하는 건 아니지만 어려움을 겪고 있는 고객을 도와주는 것 또한 상인의 임무. 많이 힘드신 모양이니 이번 한 번만은 금액 일부를 물건으로 대신하는 것을 인정해드리지요."

"저, 정말 감사합니다! 그럼 원금과 이자와 위약금 전부를 비룡 비늘 두 장으로 메워주신다고 알면 되겠지요?"

"네?"

상회주는 예상치도 못한 말에 깜짝 놀랐다.

"소금화 7닢짜리 비늘 두 장에 변제금 전액이라니, 그건 셈이 맞지 않습니다만……."

하지만 그녀는 자신이 제시한 조건을 거두려고 하지 않았다.

"소금화 7닢이라뇨? 비룡 비늘은 소금화 7닢보다 훨씬 더 값이 나갈 텐데요. 만약 그 가격이 안 된다고 말씀하시면 상업 길드에 가서 팔아 올게요. 손해를 보고 팔아도 소금화 7닢보다는 훨씬 받을 수 있을 테니까요. 그럼 상환은 내일 현금을 가져와서 다시……."

아무래도 이 여자는 그 4인조 헌터들에게 비늘의 감정가가 한 장당 소금화 7닢이었다는 사실을 듣지 못한 모양이었다.

수십 년에서 수백 년 사이에 겨우 몇 장 나올까 말까 하는 고룡의 비늘과 달리, 비룡의 비늘은 값이 좀 되기는 해도 그리 극단적으로 희귀한 물건은 아니었다. 비룡은 뛰어난 헌터들이라면 상대할 만하고, 한 마리만 잡아도 비늘을 꽤 많이 얻을 수 있다. 실물을 본 적이 없어도 시세를 알고 있어도 이상할 게 없었으며, 사람에 따라서는 공짜로 줄 수 있을 법도 한 물건이었다. 한 마리 통째로 비늘을 벗길 일이 영영 없는 고룡과는 비교할 바가 아니었다.

'야단났네! 물건을 알아보진 못 해도 비룡 비늘 시세 정도는 알고 있었나……. 지금은 푼돈을 아낄 상황이 아니야!'

괜한 짓을 해서 모든 게 물거품이 되는 것보다는 차라리 몇 푼 더 쥐여주는 게 나으리라. 어차피 그 정도 차액은 그에게 사사로운 수준이었다.

"아, 알겠습니다. 그 조건으로 사드리죠……. 시세보다 높게 쳐드리는 거니 고마워하셔야 합니다!"

상회주는 그렇게 말했지만, 처음 만난 고객을 상대로 그렇게 장사하는 상인은 없다. 뭔가, 나중에 돈을 더 받아내려는 속셈이 아니고서야.

그리고 아무리 영세상인의 아내라고는 하나 그 정도도 모르지 않았다.

하지만…….

"감사합니다! 그럼 지금 당장, 그렇게 인정한다는 계약서를 준비해왔으니……."

그렇게 말하며 여인이 손뼉을 치자 가게 종업원이 곧바로 계약서를 가져왔다.

처음부터 이럴 생각을 하고 미리 준비한 건지, 아니면 계약서를 여러 장 만들어서 상황에 맞게 쓰려고 준비했던 건지…….

상인을 하는 사람이라면 다들 그 정도 배짱은 있으므로, 진실이 뭔지는 알 수 없었다.

상회주는 계약서를 받아 곧장 확인하기 시작했다. 그러자…….

'모든 빚(원금, 이자, 위약금, 수수료, 본 건과 관련된 모든 금액)을 용종(비룡으로 추정)의 비늘 두 장을 양도하는 것으로 상쇄함.'

계약서에는 이 같은 내용이 정형문으로 오해의 여지가 없도록 담겨 있었다.

문장이나 용어도 문제가 없다고 할까, 오히려 용종이나 추정이라고 애매하게 써놓은 덕분에 실물이 고룡의 비늘이라도 아무런 문제가 없었다. 이거면 뒤늦게 고룡의 비늘이란 걸 알고 불평해도 웃으며 무시할 수 있었다.

"그럼 비늘을 주실까요!"

생긋 웃으며 그렇게 말하는 상회주에게 상인의 아내가 싸늘한 얼굴로 고개를 가로저었다.

"안 됩니다."

"예……?"

멀뚱멀뚱.

상회주가 멍하니 상인의 아내를 바라보았다.

"계약에는 이의가 없습니다만, 실물은 상업 길드에서 드리도록 하겠습니다. 아직 물건이 제 손에 없거든요. 그리고 저희가 돈을 갚으러 갔을 때 그쪽의 태도가 영 마음에 걸려서 말이죠. 상인과 상업 길드의 직원들이 보는 앞이라면, 갑자기 다른 말을 하면서 계약을 깨거나, 허튼수작은 부릴 수 없을 테니까요. 훨씬 안전하게 거래할 수 있겠죠."

"으……."

상회주는 미간을 찌푸렸지만, 잘 생각해보면 그건 저쪽도 마찬가지인 이야기였다. 나중에 속았다면서 비늘을 돌려 달라고 나와도, 그들이 증인이 되어줄 거다. 거래 당시에 설명을 듣고 '비룡의 비늘이라고 생각했다'라고 하면, 후에 다른 물건이었다고 해도 아무런 문제가 없다. 감정을 똑바로 하지 않은 건 그쪽이니까 말이다.

"그럼 오늘 저녁, 밤 1의 종(오후 6시경) 때 상업 길드에서 만나지요. 거기서 빚 계약서 반환, 이 계약서 교환 그리고 물건 양도까지 끝내도록 하겠습니다."

여인은 빚 계약서도 확실하게 돌려받을 생각이었다. 눈앞에서 찢어 없앤 것은 가짜 계약서이고 진짜는 그대로 남아 있다거나, 악당이라면 무슨 짓을 저지를지 모르니까. 속는 건 한 번으로 충분했다.

그렇게 희희낙락하는 표정의 상회주를 눈으로 배웅한 후, 여인의 입꼬리가 올라갔다.

그 얼굴은 '붉은 맹세'의 세 멤버가 자주 보던 얼굴이었다.

······그렇다, 나쁜 계략을 꾸밀 때 폴린이 짓는 사악한 미소였다.

선량해 보이는 젊은 부인. ······다만, 상인의 아내.

그 여인의 입에서 조용히 목소리가 새어 나왔다.

"······영세상점, 『아리토스』의 분노를 똑똑히 보아라!"

*　*

그리고 저녁, 밤 1의 종이 울리기 조금 전.

영세상점 『아리토스』 점주의 아내와 상회주, 그리고 그의 금융 부문 담당자와 호위들의 상업 길드에 모였다.

상업 길드는 상당히 붐비는 상태였다.

사냥이나 채취를 끝내고 돌아온 헌터들이 헌터 길드에 판 물건들을 헌터 길드가 그걸 다시 상업 길드에 도매로 파는 시간이 바로 이때쯤이었다.

······그리고 그게 이 시간을 지정한 노림수이기도 했다.

딸랑······

도어벨이 울리고 모두 반사적으로 문 쪽을 쳐다보자, '그녀들'이 등장했다.

최근 며칠 사이 헌터 길드에서 급속도로 이름이 퍼지기 시작한 젊은 여성 파티.

하지만 상업 길드에서는 토룡 소재와 함께 유명해진 것은 A등급 파티 '미스릴의 포효'였고, 같이 있어서 숟가락만 얹은 듯한 신입 파티는 그다지 알려지지 않았다.

그래서 그 이름을 들어본 적 있는 자가 이곳에 있다 하더라도 별로 신경 쓰지 않았으리라.

'붉은 맹세' 멤버들은 점주의 아내와 상회주 일행이 있는 테이블로 곧장 걸음을 옮겼다.

"많이 기다리셨나요. 아리토스 상점 측에 양도하기로 한 비룡 비늘을 드리러 왔습니다."

이번에는 파티 리더 메비스가 아니라 처음부터 폴린이 교섭을 맡았다. 어차피 상대는 누가 '붉은 맹세'의 리더인지 모르고, 혹시 안다고 하더라도 딱히 개의치 않으리라.

"아닙니다. 아직 밤 1의 종도 울리지 않았는걸요. 헌터분께서는 계약서 사인과 교섭이 끝나면 물건을 직접 건네주세요. 그쪽도 그걸로 상관없으시죠? 비룡 비늘을 건넨 순간, 계약성립입니다. 만약 물건이 위조라든지 흠집이 있을 경우는 그 자리에서 말씀해주시기 바랍니다. 길드의 감정사에게 의뢰해서 확인하여 문제가 있다면 길드 규칙에 따라 계약은 무효로 간주하겠습니다."

여인이 상회주에게 확인하자 상회주는 고개를 끄덕였다.

물건을 이 자리에서 꺼내지 않는 건 상회주에겐 반가운 일이었다. 오히려 계약을 마친 후에 물건을 확인하자고 말을 꺼낸 게 상회주였다.

계약을 맺기 전에 현물을 내놓았다가는 당연히 주위 상인들이 야단법석을 떨어서 비늘의 진짜 가치를 상대에게 들킬 게 뻔하니까.

'푸하하, 속지 않으려고 이래저래 머리 굴린 모양이다만, 그게 오히려 자기 목을 조르고 있구나. 자기가 수완가라고 생각하는 멍청이가 잘 빠지는 함정이지. 잔꾀를 굴려서 대처하려 한들 그런 얕은 지식으론 턱도 없지.'

상회주는 속으로 회심의 미소를 지었다.

상회주도 평소 같으면 좀 더 주의 깊게 움직였겠지만, 이번엔 상대를 한창 속이는 중이었고, 상황은 자신에게 유리하게 굴러가고 있었다. 그는 자신이 만든 덫에 온 정신이 팔려 다른 게 눈에 들어오지 않았다.

원래 이런 거래는 방에서 조용히 처리하는 법이지만, 사람의 눈이 이렇게 많은 곳에서 '비룡의 비늘'을 놓고 그 악명높은 메르 훅트가 상인도 아닌 상인의 아내를 상대로 하고 있으니, 아무리 봐도 예사 거래가 아니었다.

""'사기 칠 것 같은데……'""

주변 사람들은 다들 그렇게 생각하고 있었다.

하지만 다른 상인의 거래에 참견할 수도 없는 노릇이라, 딱하다는 표정으로 피해 여성을 바라보고만 있었다. 귀에 온 신경을 집중해서, 거래 내용을 하나도 놓치지 않고 귀담아들으면서.

그렇게 똑같은 내용의 계약서 두 장을 양쪽이 서명한 후 한 장씩 손에 들고 확인한 다음 각자의 품에 넣었다.

이것도 보통은 계약서를 테이블 위에 둔 채로 물건을 주고받지만, 이 테이블에 있는 두 사람은 서로 진실을 눈치채고 발끈해서 계약서를 뺏으려 할지도 모른다는 생각에 빠져있었다.

그 모습을 본 사람들은 '아~, 둘 다 상대를 완전히 믿지 않는군……' 하고 생각하며 쓴웃음을 지었다.

"그럼 부탁합니다."

영세상점 '아리토스' 안주인의 말에 마일이 수납에서 꾸러미 두 개를 꺼내 테이블 위에 살짝 내려놓았다.

'수납이라니!' 하고 놀란 목소리가 여기저기서 들려왔지만, 다들 그보다는 지금 상황이 더 궁금한지 마른침을 삼키며 계속해서 지켜보았다.

"……열어보세요."

여인의 말에 꾸러미를 풀어본 상회주는……,

"뭐야, 이게에에에!"

무심코 자리에서 벌떡 일어나 소리쳤다.

꾸러미에는 크기를 속이기 위해…… 아니, 흠집이 나지 않도록 보호하기 위해 커다란 나무틀에 담아 포장한 비늘이 들어 있었다.

……'비룡'의.

"보시다시피 비룡의 비늘인데요?"

"왜 비룡의 비늘이냐고! 이야기가 다르잖아아아!"

상회주가 갑자기 버럭 화를 내자, 주위 상인들은 다들 왜 저래? 하는 표정을 짓기 시작했다.

실컷 '비룡의 비늘 거래다'라고 했고, 말 그대로 비룡의 비늘이 나왔는데, 품질이 나빠서라면 모를까, 비룡의 비늘이 나온 게 문제라니, 도무지 이해할 수 없었다.

물론, 다른 사람이 봐도 품질에는 문제가 없었다.

"엥? 무슨, 뚱딴지같은 소리를……. 처음부터 비룡의 비늘이라고 말씀드렸잖아요? 그리고 그쪽도 줄곧 그렇게 말씀하시지 않았나요? 계약서에도 분명히 『용종(비룡으로 추정)』이라고 명시되어 있고, 몇 번이나 확인하셨는데요? 도대체 지금 무슨 소리를 하고 계신 건지……. 아니면 아까 동의하신 대로 길드에 감정이라도 받아볼까요?"

"무, 무슨……."

엷은 미소를 지은 여인의 그 말에 입을 쩍 벌리는 상회주.

하지만 곧 정신을 차리고 이번에는 '붉은 맹세' 쪽을 향해 분노를 표출했다.

"너희! 너희가 어제 가져온 비늘은……"

"엥, 당신이 소금화 7닢이라고 가격을 매겼던 그 정체불명의 비늘 말인가요? 그건 얼마 안 되는 물건 같아서 지인에게 양도했다고 어제 말하지 않았던가요? 당연히 가지고 있을 리가 없죠. 그나저나 일류 상회주께서 소금화 7닢짜리 물건이 왜 필요하신 거죠?

영문을 모르겠다는, ……정말로 영문을 모르겠다는 얼굴로 상회주에게 그렇게 되묻는 폴린.

심지어 중요한 대목이라고 말하기라도 하듯이, 소금화 7닢으로 값을 매겼다는 사실을 큰 목소리로 반복해서 말하는 정성을 들였다.

"'천상 연기자네…….'"

폴린의 본성을 모르는 이상, 동물 혹은 어린아이가 아니면 꿰뚫어 볼 수 없는 완벽한 연기.

그 지나친 완벽함에 무심코 '일본 전래 허풍동화'에서 마일이 자주 쓰는 말이 머릿속에 떠오른 레나 일행이었다…….

한편 폴린의 대답에 주위 사람들도 마침내 상황을 이해하기 시작했다.

최근 상업 길드에서의 화젯거리가 대부분 '그것'과 얽힌 이야기였으므로 머리 회전이 빠르고 수완 좋은 상인들이 비늘과의 연관

성을 눈치채지 못할 리 없었다.

그리하여 상인과 길드 직원들 사이에서 이제 이해했다는 듯 아아, 하는 목소리가 들리더니 통쾌함을 담은 미소가 조금씩 보이기 시작했다.

"으……."

상회주는 말문이 막혀 아무 말도 하지 못했다.

말할 수 있을 리가 없었다. 많은 상인과 상업 길드 직원들이 지켜보는 이곳에서 '온전한 고룡의 비늘의 값을 소금화 7개라고 했다'라든지, '고룡 비늘을 비룡 비늘이라고 속여서 사들이려고 했다'라든지……

상회주도 물론 자신의 평판이 나쁘다는 것 정도는 알고 있었다.

하지만 그것은 '당사자끼리의 대화'라든가 '계약서의 문장이 그렇게 해석할 여지가 있다'라든지, '몰랐다', '부하가 멋대로 저지른 일이다', '기억이 안 납니다', '쌍방합의로 이루어진 합법적인 계약이다'라는 식으로 우기면 해결할 수 있는 문제들이었다.

하지만 이번에는 이렇게 많은 사람 앞에서 똑똑히 '비룡 비늘'이라고 말해버렸고 어린 소녀들이 가져온 비늘을 소금화 7닢이라는, 고룡의 비늘은커녕, 비룡 비늘 시세보다도 훨씬 싸게 불렀다는 사실이 완전히 들통났다. 이래서는 '어린 소녀들이 미리 보여준 고룡 비늘에, 상품 표시법 위반 행위를 저질렀다'고 주장하는 것도 불가능했다. 어쨌든 자신이 용종 비늘을 구분할 수 있다는 사실은 방금 모두 앞에서 증명해버리고 말았고, 소금화 7닢짜리 비늘이 이 비룡 비늘보다 훨씬 비싸다고 주장하는 것도 불가능하다. 어떤 선택지를 골라도 결국은 자신의 사기 행위를 자백하는 것으로 이어지고 말았으니까……. 반면 상대는 초지일관 '이것은 비룡 비늘', '그리 값나가는 것이 아니다'라고 생각했다는 게 명확했으며 심지어 계약서와 받아들인 금액까지도 그 사실을 똑똑히 증명해주고 있었다.

'당했다…….'

어깨를 털썩 떨구는 상회주.

그리고 아무것도 모르는 척하는 '아리토스' 경영자의 아내, 다른 사람 눈에는 보이지 않도록 몰래 회심의 미소를 짓는 폴린이었다…….

하지만 이번 일로 상회주가 딱히 금전적 손해를 입은 것도 아니었다.

비룡의 비늘을 시세보다 비싸게 사긴 했지만, 그건 부당하게 부풀린 위약금까지 다 계산해서 비싸게 샀다는 거지, 위약금을 제외한 원금과 이자는 다 회수했다. 그저 뻔뻔한 사기를 치다 실패했을 뿐이다.

거기에 상회주는 '아리토스'가 비늘을 받았다고 알고 있겠지만, '아리토스'는 '붉은 맹세'에게 비룡의 비늘을 샀으므로, 사실상 자력으로 빚을 갚은 셈이다.

'붉은 맹세'에겐 비룡의 비늘쯤은 그냥 줘도 상관없었지만, 폴린이 '붉은 맹세'가 도와줬다는 이유로 빚을 갚지 않고 끝나는 건 용서할 수 없다고 주장했고, 나머지 셋도 이에 동의했기에 '아리토스'에 값을 받고 팔기로 했다.

이렇게 하면 이번 일이 정당방위이며 돈을 벌 생각은 없었다는 사실을 증명하게 되므로, 상점 '아리토스'의 평판도 떨어지지 않을 것이다.

상회주에게 건네준 물건도 정상적인 비룡 비늘로, 흠집이 났다든지 다른 비늘, 이를테면 바위도마뱀의 비늘이 아니었다. '아리토스'는 약속을 지키는, 성의 있고 진중한 상점이라는 이미지를 만들었다. 마지막으로 '붉은 맹세'는 비룡 비늘을 그럭저럭 시세에 가까운 가격으로 팔았기 때문에 별로 손해 보지 않았다.

결국, 셋 모두 떼돈을 벌지도, 손해를 보지도 않고 무탈하게 끝났다.

……금전적으로는 말이다.

상회주는 많은 상인과 상업 길드 직원들 앞에서 추태를 보여, '그럼 그렇지……' 하고 평판이 땅에 더 떨어지고 말았다.

하지만 그보다도 손에 들어오려던 영화가 물거품이 되어 사라진 것, 영세상점 여주인 따위에게 당했다는 것, 그 창피를 많은 이가 목격했다는 점, 기타 등등으로 인한 정신적 타격이 훨씬 컸으리라…….

한편 영세상점 '아리토스'의 안주인은 거짓말을 하나도 하지 않았고 정정당당하게 늙고 교활한 악덕 상회주와 맞서서 멋지게 한방 먹인 여걸로 칭송받았으며, 이는 상회의 지명도와 신용 상승으로 이어졌다.

또한 '붉은 맹세'는 흥미로운 파티, 특히 수납마법 보유자가 있는 미소녀들로 유명해졌다.

"……그나저나 비룡 비늘이 마일의 수납에 들어 있어서 다행이었네……."

"그러게요, 이게 다 로브레스 덕분이에요."

"'아하하…….'"

레나와 폴린의 말에 웃음으로 답하는 마일과 메비스.

그렇다, 이름이 웬스인가 했던 견습 고룡과의 싸움에서 로브레스가 격추당한 후.

드래곤 브레스를 맞고 나무가 우거진 곳에 추락해 다친 로브레스에게 치유마법을 걸 때, 덜렁거리는 비늘을 잘게 잘라 떼어내고 상처를 깨끗하게 닦은 후 치료했었다. ……그때 '어중간하게 붙어 있어 떼어낸 비늘'도 마일의 아이템 박스(수납마법)에 넣었다. ……쓰레기를 그대로 버릴 수는 없기에.

"다들 손해 보지 않고 아주 조금이나마 돈을 벌었어요. 훌륭하다, 훌륭해……."

"'''………….''''"

태평하게 그런 말을 하는 마일.

그 상회주가 받은 사회적, 그리고 정신적 타격은 조금도 고려하지 않았다. 그렇게 말하고 싶은 세 사람이었지만…….

'아니, 물론 알고도 저렇게 말하는 거겠지…….'

'악당이 입은 피해 따위는 고려할 필요도 없다는 걸까. ……마일, 꽤 사악하구나…….'

'……진심이지? 마일, 그거, 진심으로 하는 말이지?'

그리고 모호한 미소를 짓는 것 말고는 어떤 리액션을 취해야 좋을지 모르는 나머지 삼 인방이었다…….

제82장 산에 숨어 있는 것

"그럼 출발하자!"

""""하앗!""""

그리하여 다음 도시로 출발하는 '붉은 맹세' 일행.

"우리의 싸움은, 이제 막 시작했을 뿐!"

"네네……."

"우리는 이제 겨우 오르기 시작했을 뿐이니까요, 이 한없이 먼 헌터라는 언덕을……."

"그래그래……."

마일의 대사를 대충 한 귀로 흘리는 폴린과 메비스. 레나는 묵살했다.

그것은 예전에 마일의 '일본 허풍 전래동화'에 등장한 적 있는, 이야기를 끝맺을 때 치는 대사였다.

헌터 길드에서 '토룡 토벌 매입금(최저 보장액)'의 절반을 받은 '붉은 맹세'는 정식 판매금액이 확정되어 추가 금액이 나오기 전에 왕도를 떠났다.

모든 소재가 팔리고 금액이 확정되려면 며칠이 더 걸리는데, 이미 이 도시를 떠나기로 마음먹은 '붉은 맹세'에게는 그것도 '아까운 시간'이었다.

소녀의 시간은 짧은 법이다. 허투루 쓰는 것은 용납할 수 없다.

최종 정산은 당분간 더 이 도시에 머무를 예정이라는 '미스릴의 포효'에게 몽땅 맡기고, '붉은 맹세'가 받을 잔금을 헌터 길드의 파티 계좌에 넣어 달라고 부탁해두었다. 그렇게 하면 '붉은 맹세' 의 파티 등록 장소인 티루스 왕국 왕도 지부로 송금되어 '붉은 맹세'의 계좌에 입금된다.

길드와 관련한 모든 돈이 매번 직접 현금 수송되는 게 아니라 달에 한 번, 지부끼리 금전이 오간 기록을 집계하여 그 차액만 현금을 옮긴다. 수치나 정보가 움직일 뿐, 현금의 움직임은 상쇄되는 것이다. 길드를 상대로 덤벼드는 도둑은 없겠지만, 그래도 매번 많은 현금을 옮기는 위험을 괜히 무릅쓸 필요는 없다.

그래서 한 달에 한 번 있는 현금 수송을 기다리지 않아도 입금과 송금 정보가 상대 쪽 지부에 전달된 시점에서 돈을 찾는 게 가능했다.

예전에 마일이 '왜 거기서 나노들이 도와 『이상한 길드 간 정보 네트워크』라든지 『현금 카드로 쓸 수 있는 정체불명의 길드 카드』 따위를 보급하지 않은 거예요!' 하고 추궁했을 때 나노가 『권한 밖이어서……』 하고, 아쉽다는 듯 고개를 떨군 적이 있었다.

아무래도 나노들을 속박하는 규칙은 그리 안일하지 않은 듯했다…….

그리하여 다음 도시로 향하는 '붉은 맹세' 일행이었는데…….

"동쪽으로 꽤 많이 왔네. 이번 여행에서는 어디까지 갈 예정이야?"

아무 생각 없이 중얼거린 메비스의 말에…….

"뭐? 그거야 리더인 네가 생각해야 하는 거 아니야?"

"어? 그런 여행 일정은 어릴 때부터 여행을 다녀서 익숙한 레나가 정하고 있는 게 아니었어……?"

"뭐? 금시초문이야!"

"에엥?"

""""에에에에에에엥?!""""

"……그래서 결국 『수행 여행』을 떠난 목적이 뭐였더라…….
아니, 물론 수행과 이름을 알리는 것이긴 하지만 그 이외에는……."

"그, 그렇지만 원래는 제가 혼자 여행을 떠나 관광 유람 겸 고룡들의 목적을 조사하려고 한 건데 여러분이 같이 가겠다고 해서……."

폴린의 의문에 마일이 대답했더니…….

""""아아, 맞다 맞아! 그러고 보니 그런 이야기가 있었던 것 같기도 하고…….""""

……완전히 잊고 있었던 모양이다.

"데~~~엥……."

마일, 상당한 충격을 받은 듯했다. 적어도 자기 입으로 직접 의성어를 내뱉을 정도로…….

"뭐, 뭐예요, 그게……."

마일이 토라져서 볼을 부풀리며 뿡뿡거리자, 메비스가 허둥지둥 기분 풀어주기에 나섰다.

"미안미안! 그렇지, 왕도를 나서고 시간이 많이 지났네……."

물론 도중에 일주일 정도 여정을 멈춘 것은 포함하지 않았다. 그것은 단지 '여행 중에 들른 도시 중 하나'였기에, 다들 최초 출발한 뒤부터 지난 날짜를 생각하고 있었다.

"……그럼 이쯤 해서 슬슬 티루스 왕국으로 돌아갈까요?"

폴린이 그렇게 말했는데…….

"하긴 많은 경험을 쌓았고, 공부도 했지. 슬슬 돌아가 우리의 고향에서 제대로 활동할 시기인지도 몰라. 하지만……."

그렇게 말하며 마일 쪽을 쳐다보는 레나.

과연, 여행의 발단이 된 마일의 목적인 '수수께끼 조사'는 하나도 진전된 것이 없었다. 아직 아무런 성과도 없는데, 억지로 따라붙은 자신들이 멋대로 여행 종료를 선언할 수는 없었다.

메비스와 폴린도 같은 생각이었는지 어떻게 할지 생각……하기 전에.

"그럼 슬슬 돌아갈까요!"

마일의 활기찬 목소리가 울려 퍼졌다.

"""뭐어어어어?!"""

그게 뭐야, 하는 표정을 짓는 레나 삼 인방.

"너, 너 말이야, 그렇게 쉽게……. 괜찮아? 네가 여행을 떠나려 했던 목적은……."

"네? 아아. 그때 말씀드리지 않았나요? 고룡의 수명을 생각했을 때 수백 년, 수천 년 단위의 이야기가 될지도 모르는데 한낱 인간 따위가 뭘 어떻게 한다고 될 일도 아니고, 정말로 호기심에 여행 겸 시간을 죽이는 정도만 할 생각이었어요. 딱히 그걸 목적으로 어떻게 하겠다, 하는 생각은 눈곱만큼도 없었는데요?"

"너, 너는······. 그야 물론 그런 말은 했지만, 우리보고 신경 쓰지 말라고 배려한 건 줄 알았다고! 설마 진짜로 그 정도 일 때문에 우리와 헤어······, 아니, 진짜 너 고작 그 정도 일 때문에 우리와 헤어지려 했다는 거야?"

"아, 아니, 그게······."

일이 커졌다.

그 후에 조금 다툰 '붉은 맹세'였지만 결국 조금만 더 동쪽으로 가 다음 체류지에서 돌아갈 여정에 대해 검토해보기로 이야기를 마무리 지었다.

"레니, 목욕탕은 잘 꾸려나가고 있으려나······."

"칸막이도 붙었고, 목욕탕 바로 옆에 우물까지 마련해줬는데 그러고도 못 꾸려나가면 여인숙을 경영할 자격이 없는 거지! 빨리 망해야 해, 그딴 여인숙!!"

마일이 대수롭지 않게 중얼거린 말에 공연히 발끈하는 폴린. ······아무래도 조금 전 일로 기분이 언짢아진 듯했다.

"'아~······.'"

그렇다, '폴린 따돌리기 미수 사건'가 떠올랐으리라. ······기분이 언짢아지는 것도 무리가 아니었다.

"'''미안······.'''"

순순히 사과하는 세 사람이었다…….

＊　　＊

"……그리하여 찾아왔습니다, 신인 샹송 가수 신춘산촌 샹송쇼!"
"……뭐라는 거야…….'
"아니 그런데, 잘도 혀를 안 씹고 말하네…….'
"어느 나라 언어인지…….'
그렇다, 이 나라 언어로 말해서는 의미가 없었기 때문에, 마일
은 후반 부분을 일본어로 말했던 것이다. 레나 일행이 의미를 이
해할 수 있을 리가 없었다.
……어쨌든 '붉은 맹세'는 규모가 그럭저럭 되는 산촌에 도착했다.
그럭저럭, 이란 여인숙 비슷한 것과 식당 비슷한 것이 있다는
뜻이다.
규모가 작은 마을의 경우 외부 손님은 주로 촌장의 집에 묵는데,
물론 어쩌다가 들렀을 뿐인 여행객과 헌터 따위는 '손님'이 아니
므로 풍채가 험악한 자는 재워주지 않았고, 그렇지 않을 때도 돈
을 내야 했다.
여하튼 기본적으로 '붉은 맹세'는 여인숙이 없는 마을에는 머물
지 않았다. 그 마을에서 의뢰를 받아 손님 대접을 받는 경우를 제
외하고는.
여인숙도 아닌 민가에 돈을 내고 묵으면서 애물단지 취급을 받을
바에야 숲에서 야영하는 편이 훨씬 낫다. ……적어도 '붉은 맹세'는.

다른 헌터들은 사정이 좀 다르겠지만, 그건 말해봐야 소용이 없다.

여하튼 이곳에는 여인숙이 있었고, 도시로부터 꽤 먼 이곳의 사정도 파악하고 공부하기 위하여 이 마을에서 2박을 하자는 것이 모두의 판단이었다.

그리하여 당연하게도 마을에 하나밖에 없는 여인숙에 방을 잡고, 역시 마을에 하나밖에 없는 식당 (물론 여인숙 1층에 있다) 에서 저녁을 먹고 있을 때 '그것'이 찾아왔다.

일본이라면 초로. 이 세계에서는 초고령. 그렇게 보이는 한 남자가 마흔 전후의 남자와 함께 여인숙 식당으로 들어와 곧장 '붉은 맹세'의 테이블로 다가왔다.

이런 마을에서 가족끼리 외식을 하는 경우는 흔치 않으므로, 손님은 '붉은 맹세' 이외의 숙박객 몇 명 그리고 마을 청년인 듯한 남자 한 명뿐, 빈 테이블이 무척 많았다.

그렇다는 것은…….

"부탁할 것이 있네."

((((역시……))))

"나는 이 마을 촌장――."

""""이야기는 식사가 끝난 후에!!""""

당연하다.

"어이, 이분은 이 마을 촌장……"

"시끄러워! 우리는 식사 중에 인사도 제대로 하지 않고 대뜸 잘 났다는 듯이 일방적으로 이야기를 늘어놓는 녀석을 위해, 모처럼 나온 요리가 식는 걸 허락하면서까지 상대하는 바보도 착한 사람도 아니거든! 다음에 다시 오든지, 우리 시야 밖에서 기다려!"

무슨 말을 그렇게까지, 싶기도 하지만 생각해보면 '레나의 식사를 방해한 것'이다. 남들 두 배로 식사에 민감한 그 레나의.

평소 같으면 메비스가 나서서 수습하겠지만, 이것만은 어쩔 수 없는지 메비스, 폴린, 마일 모두 그저 고개만 끄덕였다.

……아니, 실은 레나 이외의 세 사람에게도 식사란 단순히 굶주린 배를 채우기 위한 '작업'이 아니라, 자신의 능력을 충분히 발휘할 수 있도록 컨디션을 유지하는 데 필요한 중요 행위였으며 하루에 세 번밖에 주어지지 않는 소중하고 즐거운 시간이었다.

그리하여 신입 헌터인 어린 소녀들보다 자신들이 압도적으로 지위가 높다고 생각했던 촌장과 또 다른 남자는 어안이 벙벙한 표정으로 그 자리에 멍하니 서 있었다…….

"……그래, 무슨 용건?"

식사가 끝나고도 레나는 어디까지나 마이페이스였다. 촌장 따위에게 경어를 쓸 여자가 아니었다.

딱히 경어를 못 쓰는 것은 아니다. 아버지와 함께 행상 다니던 시절에는 손님에게 정중한 말투를 썼다. 하지만 지금의 레나가 경어를 쓰는 대상이라고 하면 귀족(그것도 그녀들을 적대하는 귀족은 제외하고) 정도였다.

뭐, 헌터 대부분이 이런 느낌이니 어쩔 수 없다. 특히 허세를 부려야만 하는 자, 자존감이 낮은 자일수록 강한 태도로 나간다거나 난폭한 단어를 쓴다거나, 잘났다는 식의 말투를 쓰는 법이다.

"아아, 일단 이야기를 들어줘."

다른 손님도 다들 식사를 마쳐서 식당에 남아 있는 것은 '붉은 맹세'와 촌장 일행뿐이었다. 숙박객 이외에는 저녁 영업이 시작하자마자 찾아오는 단골 정도여서, 마일 일행보다 늦게 온 손님은 없었다.

그리고 당연한 말이지만 이 여인숙 사람들은 촌장의 얼굴을 모를 리 없기에, '붉은 맹세' 테이블로 옆 테이블 의자를 끌어와 앉은 촌장 일행에게 물잔을 내온 후, 천천히 시간 보내시라는 말을 남기고 부엌으로 들어갔다.

그리하여 촌장이라는 노인이 이야기를 시작했다. 아무래도 강한 태도로 나와 주도권을 쥐는 작전은 포기한 모양인지, 평소대로 처음 만나는 헌터와 대화를 나누는 어조였다.

그의 말에 따르면⋯⋯.

이 마을에서 도로와 수직 방향으로 몇 시간쯤 걸으면 어떤 산이 나온다. 아니, 물론 산간 지방인 이 근방은 온통 산이지만, 그 산은 조금 문제가 있었다.

옛날부터 골렘이 돌아다니고 있던 것이다. 다만 여느 골렘과 마찬가지로 그 산을 중심으로 일정 범위에서만 돌아다녔고 딱히 수가 늘어나는 것도 아니었기에, 마을 사람들도 딱히 신경 쓰지 않았다. 마을 사방이 산인데 어디 한 곳 못 간다고 무슨 문제가 있겠는가. 그 산에 무슨 자원이 있는 것도, 특별한 약초나 사냥감이 있는 것도 아니었다. 심지어 2시간 거리나 있으니 신경 쓸 일이 전혀 없었다.

그런데, 언제부턴가 그곳에 아이들이 정착해 살기 시작했다.

이른바 부랑아였다.

사실 다리 밑이든 하천가 풀숲이든 같은 장소에 계속 머무른다면 그건 '부랑아'가 아니라 '노숙자'라고 하겠지만 뭐 세세한 것은 그렇다고 치고.

'고아'라고 하면 고아원 아이들과 헷갈려서 그런진 몰라도, 이 근방에서는 자기들끼리 살아가는 아이들을 두고, 정착했는지 아닌지와 상관없이 '부랑아'라고 부르는 게 통례 같았다. 변변한 집이 아닌 판잣집이나 그냥 풀숲, 나무 아래에서 잠을 청하는 녀석들을 가리키는 단어로.

그런데 골렘은 그 부랑아들이 영역에 발을 들여놓아도 공격하려 들지 않았다. 마을 사람들에게도 골렘과 마찬가지로 엮일 일이 없기에 신경 쓰지 않았다. 마을 주민이 그곳에 갈 일도 별로 없었으니까. 아이들이 거기서 사냥하러 다니던 뭘 캐고 다니던, 상관없었다. 오히려 쓰지 않는 물건을 일부러 그 산에 '버리러' 가는 사람도 이따금 있을 정도였다.

그런데 그 '특이하긴 하지만 딱히 문제는 없는 산'이 최근 들어 이상한 조짐을 보이기 시작했다.

'필요 없는 옷과 냄비, 너무 구워서 딱딱해진 빵 등을 버리기 위해', 여느 때처럼 그 산을 찾은 마음씨 좋은 마을 사람이 수상한 자들을 봤다는 것이다.

그자들은 맡은 영역을 지키거나 공격받았을 때 말고는 싸우는 법이 없는 록골렘과 전투를 벌였고, 끝내 물러갔다고 한다.

"그 산은 록골렘이 있어서 사나운 마물은 별로 없네. 성격이 온순하고 움직임이 느린 초식이라든지, 뭐 인간이 상대해도 비교적 안전한 것들이 많지. 바위토끼라든가, 바위뱀 같은. ……바위늑대도 이따금 나오긴 하지만 그리 많진 않아. 사나운 마물은 골렘이 바로 쫓아낸다는 모양이니까. 그래서 하고 싶은 말이 뭔가 하면……."

그렇게 말한 촌장은 '붉은 맹세'를 향해 머리를 숙였다.

"수상한 남자들과 골렘을 조사해주었으면 하네. 골렘이 이번 사건을 기점으로 사람을 공격하기 시작했다면 겨우 살 곳을 찾은 부랑아들이 위험한 처지에 빠질지도 모르니."

그리고 '붉은 맹세'의 네 멤버를 차례대로 쏘아보는 촌장.

"록골렘과 싸웠다는 남자들의 목적이 무엇인지는 모르네만, 그곳에는 돈이 될 만한 것도 없고 아이들을 끌고 가 위법 노예로 삼을 생각도 없는 것 같네. 하지만 록골렘이 인간을 적으로 간주하고 아이들을 습격하기 시작한다거나, 싸움에 휘말린다거나, 상상할 수 있는 위험은 얼마든지 있어. 하지만 정확한 사정도 상황도 모르는 상태에서는 헌터 길드에 의뢰를 낼 수가 없지. 만약 지금 상황에서 의뢰를 낸다고 하더라도 도시로부터 먼 이곳까지 위험도도 모르는 의뢰라니, 보수를 얼마나 걸어야 하는 건지……. 마을에 위험이 있는 것도 아닌데 아무 상관도 없는 부랑아들을 위해 마을의 소중한 자금을 쓸 수는 없네. 그래서 우연히 이곳에 들른 헌터에게 저렴한 보수를 걸고 조사를 맡기는 수밖에 없는 거야…….

은화 53닢. 이 금액에 받아주었으면 하네!"

아무래도 촌장이 모두를 노려보듯 쳐다본 것은 악의가 있어서가 아니라 이 악물고 감정을 죽이기 위해서였던 것 같다.

사람이 어딘가에 모여 도시가 생긴다면 그곳은 그만한 이유가 있다.

가도가 강과 만나는 지점이라든지, 큰 길이 교차하는 장소, 유명한 관광지, 항구, 광공업과 기타 산업이 번성했던 장소, 방위상 중요한 지점, 그리고 주요 가도에 일정 간격으로 생기는 역참마을.

여객 마차가 하루 동안 달리는 간격, 마찬가지로 짐 마차가 하루 동안 달리는 간격에 따라 작은 마을들이 생겨나고, 그 둘이 겹치는 장소에는 조금 더 큰 마을이 만들어진다.

하지만 이곳은 다른 마을과 달리 큰길에서 벗어난 곳에 있는, 말하자면 '깡촌'이었다. 교통량이 적고 도로 폭이 좁고 대피 공간 없이는 마차끼리 지나치는 것도 불가능하다.

그래도 첩첩산중의 한계 집락(고령화로 인해 경제적·사회적 공동생활의 유지가 힘들어진 마을) 같은 작은 마을과 비교하면 훨씬 낫지만……

진짜 '시골 중의 시골'을 얕봐서는 안 된다. 진짜로 말도 안 되는 곳도 있으니까, 이 세상에는……

큰 가도만 다녀서는 대도시나 역참 마을 등 비교적 번성한 곳밖에 알 길이 없다. 가도와 가도 사이, 즉 작은 마을들과 아직 개

발되지 않은 미지의 땅에 대해서도 알려면 이따금 주요 가도를 벗어나 산과 숲에 있는 마을을 가는 것도 또한 수행 여행에 필요한 요소였다.

그러다가 길드 지부가 있는 도시까지 멀어서 혹은 돈이 없어서 길드에 의뢰를 내지 못하는 마을에 닿는다면 저렴한 의뢰비에 문제를 해결해주고 멋있게 떠나는 것이야말로 '수행 여행'의 묘미였다.

신인 헌터에게 진심 어린 감사를 표하는 건 도시에서는 보기 드문 일이었다. 그래서 젊은 신인 헌터들은 이따금 그런 의뢰를 맡아주고 싶다는 생각이 들기 마련이었다. ……하루하루 일상에 쫓겨, 돈이 되지 않는 의뢰를 받을 여유 따위는 없는 중년에 만년 C등급 헌터가 되어 현실에 안주해버리기 전까지는…….

그리고 물론 '붉은 맹세' 역시 그런 의뢰를 받고 싶어 하는 나이였다. ……특히 메비스라든지, 메비스라든지, 메비스라든지.

"맡겨만 주세요! 저희가……."

"생각을 좀 해볼게요."

바로 받아들이려는 메비스를 폴린이 막았다.

"답은, 내일……."

"할게."

""엥?""

답을 미루려는 폴린의 말을 또 막고는, 바로 승낙해버리는 레나.

폴린과 메비스는 깜짝 놀라 소리쳤지만, 마일은 태연한 얼굴이었다. 마치 레나가 그렇게 말하는 게 당연하다는 듯이…….

＊　　＊

"어째서 바로 승낙해버린 거예요! 은화 53닢이라니, 시세의 절반보다도 못 미친다고요! 그야 조금은 싸게 받을 수도 있지만, 이 세상에는 정당한 시세라는 것이……."

필요한 정보를 전부 들은 후, 정식으로 '자유 의뢰'로써 헌터 길드를 통하지 않고 직접 의뢰를 받은 '붉은 맹세'.

촌장 일행이 돌아간 후, 자기 마음대로 의뢰를 받아들인 레나를 향해 폴린이 무섭게 따지고 들었다. 평소에는 비교적 온화한 폴린이지만, 돈과 관련된 일에는 상당히 잔소리가 심했다.

"아니 애초에 시세보다 훨씬 싸게 받아들이면 다른 헌터 모두에게 민폐라고요! 이번 일은 아무리 값을 깎더라도 적어도 한 사람당 소금화 3닢, 4명 합해서 소금화 12닢은 받아야 하는……."

"아무리 교섭해도 그만한 돈은 안 나와."

"네?"

수행 여행 중에는 시골의 딱한 사정을 헤아려 조금쯤 서비스도 해주는 법.

폴린도 그 정도는 잘 알았다. 하지만 은화 53닢은 지나치게 적었다. 그래서 조금은 교섭이 필요하다고 생각했는데…….

"은화 53닢이라는 거, 너무 어중간한 금액이잖아? 마을 예산으로 지출하는 거면 깔끔하게 은화 50닢. 그리고 금액을 제시할 때는『소금화 5닢』하는 식으로 제시하지 않을까, 상식적으로……?"

"네, 네에, 그건 그렇긴 하지만…….."

레나의 지적을 받아들이는 폴린.

"즉『은화가 짤랑거리는 동전으로 53닢이 있다』는 얘기잖아. 그리고 깔끔하게 맞추기 위해 3닢을 빼거나 하지 않고 있는 돈을 전부 내는 거지. 또 아까 촌장이 했던 말, 기억해?『마을에 위험이 있는 것도 아닌데 아무 상관도 없는 부랑아들을 위해 마을의 소중한 자금을 쓸 수는 없네』……."

"아……."

"즉, 그건 마을의 관리 운영을 위해 짜낸 예산이 아니라는 소리잖아?"

"……마을 사람들이 이것 때문에 십시일반 낸 기부금이 그 '은화 53닢'이란 건가……."

레나의 말에 메비스가 그렇게 중얼거렸다.

"그럼 어쩔 수 없네요. 하나에 우정, 둘에 신의, 셋에 의협심이고, 넷부터 일곱까지는 돈벌이!"

"""『그것이 바로 우리『붉은 맹세』!!』"""

마일의 말에 이어 큰 목소리로 복창하는 네 사람.

……물론 마일, 메비스, 폴린은 알고 있었다.

마일만큼 드러내놓고 하지는 않지만, 레나 역시 들른 도시에서 늘 고아와 부랑아들에게 마음 썼다는 것. 그리고 왜 레나가 고아와 부랑아들을 그렇게 생각하는지 그 이유도.

……만약 레나가 아버지를 잃었을 때, 헌터 파티 '붉은 번개'를

만나지 않았더라면.

그리고 만약 '붉은 번개'가 모두 살해당한 후 마술사로서의 재능과 '붉은 번개' 멤버들에게 배운 지혜와 기술이 없었더라면 레나가 어떤 길을 걷게 되었을지를.

그렇다, 어쩌면 '부랑아 중 하나가 되었을지도 모르는 한 소녀'의 입장에서는 현금 수입이 형편없으면서도 마을 사람이 아닌 부랑아들을 위해 은화를 모으는 바보들, 그리고 그 때문에 고작 헌터 소녀들 따위에게 기꺼이 머리를 숙이는 착한 사람도. 전부 레나에게 손 내밀어 주었던 그들과 다르지 않았던 것이다…….

*　　*

"……그래서 문제의 산에 도착했는데요……."

"저기 아니야? 마을 사람이 『헌옷이랑 만들다가 실패한 빵을 버리러 가는 장소』라는 게……."

마일의 설명에 이어서 레나가 손가락으로 가리킨 것은 바위 일부가 평평하게 되어 있어 판 혹은 테이블처럼 보이는 곳이었다.

사람이 별로 오지 않는 장소라 산길은커녕 짐승이 만든 길조차 보이지 않았지만, 마을 사람들이 알려준 특징적인 커다란 바위와 우연하게도 나란히 서 있는 커다란 나무 세 그루 등 눈에 띄는 지형, 그리고 이곳에 오는 마을 사람이 지나간 흔적 ……꺾인 초목이라든지 통행에 방해되는 나뭇가지를 손도끼 같은 것으로 베어낸 흔적 등…… 덕분에 그곳으로 보이는 장소를 찾는 데 성공한 듯했다.

"어쨌든 세 세력 가운데 한쪽에게서 정보를 얻어야 하는데요, 골렘이랑 수상한 남자들, 부랑아 중에 누구한테 물어보면 될지……."

"골렘은 말을 못 하잖아!"

"처음부터 수상한 남자들한테 물어보는 건 내키지 않아. 또 여기로 찾아올지 어떨지도 모르는 일이고……."

"……고민할 것까지도 없겠지?"

마일의 태도에 대충 대답하는 레나와 메비스, 폴린.

"그럼……."

삐이이이~~!

마일이 손 피리를 불었다.

전생(前世)에서, 이웃에 사는 미국인 아저씨에게 부탁해 특훈을 받아 겨우 불 수 있게 된 미사토의 특기였는데, 물론 전생한 후에도 그 기술은 여전했다. ……그리 거창한 특기는 아니지만.

엄지와 검지를 굽혀 입에 넣고 있는 힘껏 숨을 불기만 하면 되는 간단한 작업이었지만, 익히느라 꽤 많이 애를 먹었다. 무슨 영문인지 미국인은 대부분 잘 부는데 일본인은 못 부는 사람이 대다수다.

하지만 휘파람과 달리 큰 소리를 낼 수 있는 손 피리는 비상시에 도움이 된다. 그리고 이런 상황에서 쓸 수 있는 신호로도.

그렇다. 이것은 '헌옷과 음식물을 버리러 온 마을 사람'이 '물건

버리러 왔어' 하고 알리는 신호였다. 그렇다고 촌장에게 전해 들었다.

시간이 얼마나 흘렀을까. 나무 사이로 네 명의 어린이가 모습을 드러냈다.

"……누구야, 너희는……."

늘 오던 마을 사람인 줄 알았는데 무장한 낯선 소녀 넷이 나타났으니 경계하는 게 당연하리라.

하지만 무장했다고는 해도, 미성년자와 17~18세쯤으로 보이는 여자들이었기 때문에 그렇게까지 강한 경계심을 품은 것 같지는 않았다.

위법 노예로 삼으려고 잡으러 온 거라면 보통 우락부락한 남자들을 쓸 테고, 그것 이외에 아이들을 이용해서 돈을 벌 방법은 없을 테니까.

"헌터예요. 촌장님의 의뢰를 받고 왔어요. ……무슨 힘든 일은 없나요?"

지금은 첫인상이 제일 '어리바리해서 안전빵 같은' 마일이 나설 차례였다.

……폴린도 일단은 친절해 보이지만, 만약 아이들 특유의 감으로 그 '어두운 구석'을 꿰뚫어 보았을 경우 단숨에 신뢰를 잃고 말 것 같아 혹시 몰라서 제외했다.

게다가 잘 모르는 것에 관한 질문 역할은 마일이 가장 적임자라는 사실을 모두 잘 알고 있었다.

"촌장? 아저씨는?"

아이들을 대표해서, 리더로 보이는 12~13살 무렵의 소년이 영문을 모르겠다는 표정으로 물었다. 아무래도 무슨 일인지는 잘 모르겠지만 마일 일행이 자신들에게 위해를 끼칠 생각이 없음은 이해한 모양이었다.

"아저씨? 아아, 『마을에 필요 없는 헌옷이랑 빵을 버리러 오는 사람』을 말하는 건가?"

"……버리러? 아, 아아, 아마 그런 것 같아……."

고개를 갸우뚱거리며 그렇게 말하는 소년. 아마도 마을에 필요 없는 물건……으로 되어 있는 것……을 다 모아서 이곳으로 '버리러 오는' 담당인 그 '아저씨'인지 뭔지는 아이들 앞에서는 '형식적인 말'을 둘러대지 않은 모양이었다.

"지금은 여기가 위험한지 어떤지 몰라서, 안전상 마을 사람이 이 근방에 오는 것을 촌장이 금지했어요. 대신……."

"대신?"

"마을 주민분들이 돈을 모아 저희를 고용했답니다."

"…………."

무표정으로 입을 다무는 네 명의 아이들.

이런 깊은 산 속에 많은 고아가 자연스럽게 생길 리는 없다.

어떤 도시에 살던 고아들이 누구의 도움도 받지 못하고, 아니 도움은커녕 박해받고 착취당하고 장난질과 분풀이의 표적이 되고 위법 노예로 팔려나갈 위험에 노출되어, 그곳에서 도망쳐 나와 안주할 수 있는 땅을 찾아 방황하던 끝에 닿은 곳이 바로 이

산이었으리라.

잔반도 없고 돈주머니를 소매치기할 상대도 없지만, 산나물과 작은 동물 그리고 지극히 드물게는 덫을 설치해 큰 동물을 잡을 때도 있어서 도시에 살던 때 보다 훨씬 충실한 식생활을 할 수 있는 산속 생활. 물은 샘물을 쓰는 듯했다.

……하지만 보통은 그게 말처럼 그리 쉬울 리가 없다.

당연하다. 그렇게 간단한 일이었으면 도시에 있는 고아들이 죄다 산으로 이주했겠지.

몇 명이 사냥하러 가는 거면 모를까, 산에 사는 것은 설령 다 큰 어른이라 할지라도 자살 행위나 다름없었다.

야수, 맹수, ……그리고 마물.

게다가 남들 보는 눈이 없는 깊은 산속이라면 '인간 사냥'을 즐기고 싶은 귀족이나 부자의 희생물이 될 가능성도 있었다.

사실상 아이들이 산속 깊은 곳에서 산다는 건 불가능한 이야기다.

그런데 여기서는 왜 가능한가 하면…….

골렘.

이 근방에 출몰하는 록골렘 때문에 오거와 오크 등 흉포한 마물이 다가오질 못하고, 그나마 덜 위험한 도마뱀류나 토끼류, 뱀류 마물이 나오는 정도였다. 그 정도는 나무타기를 배우고 대나무창이나 곤봉을 들고 무리로 다니면 어떻게든 해결되는 모양이었다.

왜 골렘이 오크와 오거를 물리치면서 다른 마물과 동물은 내

버려 두는 것일까. 그리고 왜 아이들도 쫓아내지 않고 봐주는 것
일까.

촌장은 그 이유를 알 수 없다고 했다.

단지 이곳에서는 아이들이 살아갈 수 있다. 그것이 전부였다.

또 다른 곳에서 왔을 뿐이 그 마을과는 아무런 상관도 없는 아
이들인데, 필요 없는 물품을 버린답시고 옷이며 음식물을 가져다
주는 마을 사람.

고아들은 지금껏 그런 선의를 한 번도 받아본 적이 없었다. 이
근방의 마을보다 훨씬 인구도 많고 유복한 사람들이 사는 도시에
서도.

그들은 이번에는 일부러 돈을 모으면서까지 자신들을 위해 사
람을 고용했다.

……영문을 모르겠다.

마을 사람들이 무슨 생각으로 이렇게 아무런 이득이 없는 일에
돈을 쓰는지, 조금도 이해되지 않은 네 아이는 그저 침묵으로 일
관했다.

하지만 이래서는 이야기에 진전이 없다.

그래서 마일이 나섰다.

"으~음, 다른 아이들은?"

"…………."

리더인 아이가 수상쩍다는 표정으로 마일을 응시하며 대답하
려고 들지 않았다.

마일은 그 이유가 짐작이 갔다.

'과연, 적에게 아군의 쪽수가 들통나면 굉장히 불리해지는 법이지. 아직 우리를 믿지 못하는 모양이군……'

그렇다, 아무리 마을 사람들에게 고용되었다고는 하나, 그리 쉽게 남을 믿어버리기에는 지금까지 그들이 받아온 대접이 너무나 지독했다. 그리고 그리 남을 잘 믿었다면 일찌감치 죽었거나 위법 노예로 팔려갔으리라.

'좋아, 그렇다면……'

쿵!

테이블같이 생긴 바위 위에 등장한 큼직한 고깃덩어리.

"""""헉……"""""

쿵, 쿵, 쿠우웅!

채소, 빵, 커다란 냄비, 간이 아궁이, 주둥이 달린 물통.

아무것도 없던 공중에서 갑자기 나타난 그것들을 보고 입을 쩍 벌린 채 그대로 굳어버린 아이들.

"인원수를 모르니까 요리를 몇 인분 해야 할지 모르겠는걸……. 4인분만 해도 될까?"

"여, 열여섯 명!"

"앗, 이 바보가!"

리더 소년이 말릴 새도 없이, 열 살 정도로 보이는 남자아이가 그렇게 외치고 말았다.

* *

"자~아, 다 됐습니다~!"

마일의 목소리에 아이들이 모여들었다.

마일이 어린이 열여섯 명과 '붉은 맹세'까지, 총 스무 명분의 요리를 만들기 시작하자, 리더 소년이 잠시 고민을 거듭한 끝에 다른 아이들을 불러오라고 지시를 내렸다.

그렇게 찾아온 아이들은 엄청나게 맛있는 냄새를 풍기며 만들고 있는 요리를 보고는 그대로 굳었다. 그리고는 요리 중이던 마일과 폴린에게 찰싹 달라붙어 떨어질 줄 몰랐기 때문에, 요리에 방해되고 위험하기도 해서 멀리 물리쳤다.

옆에서 누군가 요리하는 모습을 줄곧 보고 있으면 요리하는 사람은 굉장히 불편하기 마련이지만, 마일과 폴린은 살기에 버금가는 시선을 겨우 견뎌내며 요리를 완성했다.

그리고…….

"""""맛있다아아아아아아~!!"""""

"음, 그렇겠지, 그렇겠지…….."

에헴, 하고 의기양양하게 가슴을 활짝 펴는 마일.

열심히 지혜를 짜낸 결과이므로 마일이 잘난 체하는 것도 어쩔 수 없다.

아무리 도시에 있을 때 보다 식생활이 나아졌다고는 하나 어쩌다가 큰 동물을 잡았을 때가 아니면 배불리 먹을 수 없는 환경이었다. 그리고 조미료도, 변변찮은 요리도구도 없는 이곳에서는 간을 맞출 수도 없어서 그냥 날것으로 먹거나 굽거나 말리는 것 정도밖에 선택지가 없었다.

그렇다. 이 아이들에게 있어서 식사란 즐거움이 아니라 사는 데 필요한 필사적인 작업이었다.

그래서 마일은 이 아이들에게 식사의 즐거움, '굶주림을 채우는 것' 이외에 먹는 행위의 행복을 알려주고 싶었다.

그러한 마음은 레나도 마찬가지였지만, 레나가 요리하는 데 끼면 아이들이 '행복'은커녕 '불행'을 느낄 것 같은 예감이 들었기에 마일이 거부했고, 요리 보조는 폴린이 맡았다. 그리고 레나는 마일과 폴린이 요리하는 동안 아이들의 몸을 살펴보고 다친 곳에 치유마법을 걸어주는 것으로 만족해야 했다.

메비스는 아이들이 요리를 방해하지 않도록 아이들이 가진 대나무 창과 곤봉을 이용해 싸우는 방법 및 신체 단련법을 알려주어 큰 인기를 끌었다.

정작 메비스는 '왜 나는 애들이랑 노인, 여자들한테만 인기가 있고, 남자들한테는 별로 인기가 없을까……' 하고 투덜거렸지만.

한편, 그 사이에 마일과 폴린이 만든 요리는 바로 불고기였다.

아니, 아이들도 불에 구운 고기는 먹어보았을 테지만, '불에 구운 고기'와 '불고기'는 다르다. 전혀 다르다. '불에 구운 고기'와 '타이타닉'만큼이나 다르다. (불에 구운 고기의 일본어 발음이 '타이타니쿠(炊いた肉)'인 것에서 비롯한 말장난)

'불에 구운 고기'는 원시인도 먹었지만, '불고기'는 문명인의 음식이다.

부위별로 썰어서 한입에 쏙 들어가는 크기, 가장 맛있게 먹을 수 있는 절묘한 두께, 타지도 설익지도 않은 적당한 불 조절, 그

리고 불고기의 핵심인 양념!

소금과 후추 위에 고춧가루를 아주 살짝.

마일 특제 양념에 고기를 절여두었다가 구워서 다시 양념한다.

비싼 향신료도 과일, 간장, 설탕, 마늘, 물엿, 소금, 벌꿀, 식물성 기름, 양파 등을 섞어 묵혀둔 소스도 아이들과는 연이 없는 다른 세상의 맛이었다. 귀족이 먹어도 절찬할 만한 수준이었던 만큼, 이곳 부랑아들에게는 그야말로 오버 킬인 셈이었다.

요리를 우걱우걱 먹어대는 아이들은 말을 걸어도 대답조차 하지 않았다. 그래서 쓴웃음 지으며 식사가 일단락되기를 기다리는 레나와 메비스 그리고 그럴 새도 없이 요리를 더 준비하기 바쁜 마일과 폴린이었다…….

* *

"……그래서 그 수상한 작자들이 출몰하게 된 거군요……."

"응."

여느 때처럼 아이들에게 사정을 묻는 것은 마일 담당이었다.

레나는 금세 어투가 거칠어질 것이었고, 폴린은 아이들이 그녀의 본성을 알아차리고 경계할 테니 정신연령이 가장 비슷하고 겉과 속이 다르지 않은 마일이 가장 적합했다. 게다가 이번에는 아이들의 위를 사로잡은 장본인이었기에, 이보다 더한 적임자는 없었다.

그리하여 마일이 아이들에게 들은 이야기는…….

아이들은 범죄 조직이 쓰다 버리는 화살, 총알 취급을 받거나 박해당하며 위법 노예로 팔려나가거나, 귀족과 부자들의 이상한 취미나 인간 사냥 게임의 희생물이 되는 등, 끔찍한 환경에서 벗어나기 위해 도시에서 도망치자 결심하기에 이르렀으나, 작은 시골 마을은 이 많은 고아를 받아줄 여유가 있을 리 없고, 그들이 살 마을은 어디에도 없었다.

다들 망연자실하고 있을 때, 고아 중 하나가 돌아가신 부모님께 들었다면서 옛날이야기를 하나 들려주었다.

그것은 '공물을 바치면 자기 구역에 사는 것을 허락해주는 마물'이 있다는 이야기였다.

도저히 믿기 힘든 이야기였지만 어차피 도시에 남아도 죽고, 다른 마을에 무작정 들어가도 쫓겨나 죽고, 아무 숲에 대충 눌러앉아도 마물이나 야수에게 습격당하거나 도적이나 인간 사냥에 희생될 뿐이었다. 아이들은 어차피 죽음밖에 없다면 밑져야 본전, 기적에 걸기로 했다.

그렇게 해서 그들은 물통과 음식 그리고 여기저기서 '공물'을 긁어모은 다음, '공존을 허락해준다'는 그 마물이 산다는 지역을 향해 여행을 떠났다.

"······그게 이곳이라는 건가요······."

"응."

"그리고 그 『공존을 허락해주는 마물』이라는 게……."

"응……."

그렇게 산속을 방황하면서 가져온 얼마 안 되는 식량도 거의 바닥나고, 겨우 물이 있는 곳을 발견해 한숨 돌리고 있던 아이들 앞에 블러디 베어가 나타났다.

블러디 베어는 평범한 곰이 아니라 마물이다. 아이들의 다리로 도망칠 수 있는 상대가 아니었다.

여기까지다.

아이들이 그렇게 각오했을 때 '그것'이 나타났다.

포효할 리는 없으니, 아무 소리 없이.

표정도 없고 당황한 기색도 없이.

그저 차분한 움직임으로 블러디 베어와 마주 보고 서서 순식간에 압살.

'그것'이 아이들을 향해 돌아서자 다들 허둥지둥 짐 속에서 공물을 꺼내 슬쩍 내밀었다.

공물이란 바로 금속.

쇠 부스러기와 동화를 비롯해 쓰레기장에서 주운 것, 민가에 있는 문 경첩을 뺀 것, 기타 등등 모을 수 있는 만큼 최대한 모아온 금속들.

'그것'은 아이들의 공물을 보자 한동안 가만히 서 있었다.

그리고 얼마 지나지 않아 6개의 다리와 4개의 팔. 대형견 크기에 사각사각 재빠르게 걷는 정체 모를 생물이 등장했다.

스캐빈저였다.

아무리 봐도 록골렘이 불렀다고밖에는 생각할 수 없었다.

스캐빈저는 그대로 굳은 아이들을 물끄러미 보더니 '공물'을 쥐고 록골렘과 함께 모습을 감추었다.

아이들은 여기서 지낼 수 있게 됐다는 걸 어렴풋이 이해했다.

그리하여 크고 사나운 마물만 퇴치하는 골렘의 보호를 받으며 뿔토끼나 작은 동물들을 사냥하고 과일을 따거나 산나물의 씨앗을 심어 밭을 만드는 등 그럭저럭 살아갈 수 있게 되었다.

"공격당한 것도 아니고 잡아먹을 것도 아닌데 왜 골렘은 흉포한 대형 마물을 잡는 걸까요? 그리고 대형 마물이라도 성격이 순하거나, 평범한 동물은 공격하지 않는 이유도 잘 모르겠네요……."

폴린이 이상하다는 듯 그렇게 말했는데, 골렘이 있는 곳은 대체로 위험한 마물이 서식하지 않는다는 것은 익히 잘 알려진 사실이었다.

보통 그런 곳에 제 발로 가는 건 사냥꾼이나 헌터 정도인데, 사냥꾼은 골렘에게 다가가지만 않으면 아무 문제가 없는데도, 헌터는 이따금 골렘과 싸움이 붙어 겨우 살아 도망쳐 돌아왔다는 이야기가 있다.

흉포한 마물이 없는 건 사냥꾼에겐 좋은 일이지만, 이걸 골렘과 공존한다고 하진 않을 거다. 그리고 그건 이곳 아이들 역시 마찬가지였다.

그저 골렘이 그들을 '무해'한 생물체라 보고 있을 뿐이다.

하지만 그것만으로도 아이들에게는 고마운 존재였다. 그 우람

한 거구로 흉악한 마물을 몰아내고 자신을 지켜주는 수호신처럼 느꼈으리라.

"……그러던 어느 날, 그들이 나타났어……."

드디어 본론이었다.

그런 어느 날, 어딘가에서 정체 모를 남자들이 나타났다.

복장도 장비도 나이도 자 제각각인데 망토만 검은색으로 맞춘 게 몹시 수상했다.

그들은 검사와 창사, 마술사의 포지션이 엉망으로 섞여 있고, 서로 손발도 잘 안 맞는 것 같았는데, 실력은 좋았는지 골렘들을 상대로 꽤 잘 싸웠다고 한다.

그 남자들은 집요하게 골렘과 싸웠고, 도중에 이곳에 아이들이 산다는 걸 깨달았지만 딱히 손대지 않고 오히려 물러갈 때마다 종종 남은 식량을 두고 갔다고 한다.

"뭐야, 그게! 그럼 착한 녀석들이잖아!"

"응, 우리한테는 좋은 사람들이지. 하지만 골렘들도 우리한테는 은인이란 말이야……."

"아, 그런가……."

'은인(恩人)' 아닌 '은골렘'과 온정을 베풀어주는 수상한 남자들.

아니, 말이야 수상하다고 했지만, 잘 생각해보면 골렘(마물)과 싸우는 건 상식적으로 '올바른 행동'이었다. 헌터도 이따금 골렘과 싸울 때가 있다.

애초에 골렘은 마을에 내려오지도 않고, 고기와 모피도 없으며, 유일한 환금 부위인 관절부의 구체도 무거워서 옮기기 힘들기만 하지 비싸지도 않은 데다, 헌터가 만만히 볼 상대도 아니었다. 바위도마뱀을 사냥하러 나왔다가 마주치거나 자기 실력을 재 보고 싶은 젊은 헌터밖에는 만날 일이 없는 셈이다.

"실력은 있는데 손발이 안 맞는 거라면, 그걸 훈련하러 나온 게 아닐까?"

"""아!"""

메비스의 지적에 손뼉을 짝 치는 레나 일행.

과연 그럴싸한 이야기였다.

골렘이야 아무리 쓰러트려도 생물이 아니니 죄책감도 별로 없을 테고, 제법 튼튼하고 강하니 연습 상대로는 그만이었다. 골렘 서식지에 일부러 발을 들이는 헌터도 별로 없으니 다른 사람에게 민폐를 끼치거나 생태계를 망가뜨릴 걱정도 없다. ……이미 골렘의 존재 자체가 주위 지역의 생태계를 망가뜨리고 말았으니까.

"그럼 아무 문제도 없는 거 아니야? 애들을 노리는 것도 아니고, 골렘을 상대로 전투 훈련을 하고 있을 뿐인 성실한 사람들이잖아. 골렘에겐 민폐일지도 모르지만, 그 녀석도 마물이니까 그건 어쩔 수 없잖아?"

"으음, 뭐, 그렇긴 하지……. 일단 우리의 의뢰 임무는 완료인 건가. 현지 상황이랑 아이들이 위험에 처하지 않았는지 확인하고 오는 거였으니까……."

레나와 메비스의 말에 폴린이 고개를 끄덕였다.

……하지만 왜 그러는지 마일이 못마땅한 표정을 지었다.

"으음…… 모두 똑같이 검은 망토를 걸치고, 실력은 있는데 손발은 안 맞는다? ……어디서 많이 들어본 것 같은데……."

마일이 고개를 갸우뚱했지만, 도저히 떠오르지 않았다.

"아……."

그때 마일의 혼잣말을 들은 폴린이 소리쳤다.

"그들이에요, 파릴 유괴 사건 때의……."

"""아아아아아앗!!"""

그렇다, 분명 그것은 그때 그 수상한 종교 집단의 특징이었다.

복장과 장비는 모두 제각각이었는데 검은 망토만은 상징으로 통일한 그 인간중심주의 사신교도들.

그러고 보니 그 종교의 발상지가 훨씬 동쪽에 있는 나라라고 그들이 말했었다. 하물며 이곳은 바노라크 왕국보다도 동쪽에 있지 않은가! 충분히 '훨씬 동쪽에 있는 나라'였던 것이다.

"그러고 보니 그때 그 사람들, 수인에겐 차가웠지만, 그 여자애…… 메세리아였나? 하여튼 파릴의 친구는 건들지 않았지. 그 아이의 입을 막았으면 목격자가 없으니 조금 더 시간을 벌 수 있었을 텐데……."

"네, 그러니까 인간한테는 무척 성실하고 나쁜 사람들이 아니라는……."

"아니아니, 무슨 소리를 하는 거야? 인간, 엘프, 드워프뿐만이 아니라 수인이랑 마족도 지금은 전부 같은 권리를 가진다고! 수인을 인질로 잡는 놈들이 어디가 성실하고 착할 리 없잖아?!"

레나와 폴린의 말에 큰 목소리로 이의를 제기하는 메비스. 마일도 메비스의 말에 고개를 마구 끄덕였다. 자칭 수인을 좋아하는 소녀, 수인의 친구(케모너. 케모노 프렌즈)인 마일의 입장에서는 당연한 반응이었다.

""아⋯⋯.""

메비스와 마일의 항의에 레나와 폴린이 멋쩍은 표정을 지었다.

두 사람은 결단코 다른 종족을 깔보는, 이른바 인간중심주의자 따위가 아니었다. 그래도 그들이 다른 종족을 인질로 삼기를 주저하지 않으면서도 불리해지는 걸 뻔히 알고도 인간에게는 해를 끼치지 않았다는 점을 두고 무심코 좋은 사람이라고 생각해버린 것이다.

"⋯⋯『불량배가 길고양이에게 먹이를 주는 현상』이네요⋯⋯."

마일이 뭐라고 말했지만 물론 다른 사람들은 이해하지 못했기 때문에 그대로 무시당했다.

"어쨌든 상황이 바뀌었어요. 만약 이곳에 온 자들이 『그들』과 한패라면, 이곳에서 그 의식을 치르려고 하는 건지도 모르고, 그와 비슷한 다른 악행을 계획하고 있을지도 몰라요. 그리고 골렘에게 자꾸 싸움을 걸면 골렘이 인간을 적으로 보고, 아이들을 공격할지도 모르고요."

마일의 말에 아이들의 안색이 바뀌었다.

하긴 골렘이 인간을 어떻게 분류하는지는 아무도 모른다. 아이들과 그 남자들을 '다른 집단'이라 볼지, 아니면 똑같이 '이 산에 있는 인간'으로 볼지.

만약 후자라면⋯⋯.

마일 일행도 골렘을 '이 산에 사는 골렘'이라고만 생각하지, 골렘 중에도 파벌과 종족이 있고 그중에 자신들의 편을 들어주는 그룹도 있을지 모른다는 생각 따위는 하지 않는다. 그렇다면 상대 역시 그렇다고 해도 전혀 이상할 게 없다.

"어쨌든 이대로 돌아갈 수는 없게 되었네."

"네, 그 사람들을 만나서 놈들과 한패인지 아닌지, 이곳에서 뭘 하려고 하는지를 확인할 필요가 있어요. 아이들이 정말 안전한지 끝까지 확인해야 하니까요."

레나와 폴린의 말에 마일과 메비스도 동의했다. 그리고 두 사람의 말에 이어서…….

"만약 놈들과 한패라면 우리가 압도적으로 유리하죠."

"그래. 우리는 놈들에 대해 이래저래 잘 아는데,"

""""상대는 그걸 몰라!""""

그렇다. 그 조직의 일파가 바노라크 왕국에서 실패하고 일망타진당했다는 것, 중요한 의식이 대실패로 끝났다는 것 정도는 당연히 알고 있겠지만 그 일과 관련된 헌터 파티가 어디였는지, 그중 한 파티가 지금 여기에 있다는 건 알 리가 없다.

마일 일행이 아이들을 도와달라는 의뢰를 받고 아무것도 모른채 온 소녀들로 이루어진 신입 헌터 파티인 척한다면, 그들은 오로지 인간뿐인, 그나마도 절반은 미성년자(로 보이는) 마일 일행을 지켜야 할 대상으로 볼 테니, 식은 죽 먹기로 이길 수 있으리라.

게다가 그들은 딱히 위법 행위를 저지르고 있는 것도 아니니 소녀들이 도적이 아닌 이상 경계할 이유도 없었다.

"아."

갑자기 폴린이 소리를 냈다.

"왜 그래?"

"아니, 그 사람들이 그놈들과 한패면 다행인데요……."

"다행이냐!"

메비스가 지적했지만, 폴린은 그 말을 무시하고 계속해서 말을 이었다.

"만약 아무런 상관도 없는 평범한 도적이나 암흑 조직의 일원이면 어쩌죠? 그냥 골렘을 상대로 전투 훈련을 하고 있을 뿐인데, 그곳에 묘령의 미소녀들이 이렇게 등장한다면……."

""""아……."""""

그러자 이 대화를 듣고 있던 아이 하나가 말했다.

"이 누나들, 생각보다 뻔뻔한데."

""""""시끄러워!"""""""

*　　*

아이들에게 이야기를 들은 결과, 남자들이 근처에 거의 정기적으로 나타난다는 사실을 알아낸 '붉은 맹세' 멤버들은 이곳에서 며칠 머물기로 했다.

그러는 동안 지루함을 달랠 겸 아이들에게 검술을 가르쳐준 메비스, 마술사의 재능을 보이는 아이에게 간단한 마술을 알려준 레나, '이 험한 세상에도 굴하지 않고 살아가는 방법'인지 뭔지 강의를 펼친 폴린…….

한편 마일은 나뭇가지를 싹둑싹둑 잘라 비바람과 야수의 습격을 피할 수 있는 견고한 수상(樹上)가옥을 지었다. 또 아이템 박스에 넣어놨던 (도적에게 빼앗은) 싸구려 검이라든가, 무슨 까닭인지는 몰라도 딱 하나만 가지고 있던 괭이 등을 아이들에게 기부했다.

집은 물론이요, 검이며 괭이를 받은 아이들의 기쁨은 실로 엄청난 것이었다. 너무 기쁜 나머지 강아지처럼 갑자기 지리지 않을까 걱정이 될 정도였다.

……그런데 기뻐하던 아이들의 표정이 갑자기 어두워졌다.

"골렘이랑 사각사각 님이 와서 검이랑 괭이를 빤히 바라보면 어쩌지…….

사각사각 님이란 스캐빈저를 가리킨다. ……하긴, 6개의 다리로 재빠르게 움직이는 모습을 떠올리면 사각사각, 하는 의성어가 들려오는 것 같기도 하다…….

그리고 아무래도 아이들은 스캐빈저가 골렘보다 상위라고 생각하는 듯했다.

"으~음, 아무리 금속을 좋아한다고 해도 너희가 가진 금속을 전부 줘버리면 아무리 시간이 지나도 생활이 나아지지 않을걸? 냄비랑 칼도 없어지는데…….

상대가 아이라서 그런지 늘 경어를 쓰는 마일도 평범한 아이 같은 말투가 되었다.

사실 마일은 예전에 록골렘과 스캐빈저를 만난 후로 그들에 대해 고찰하고 있던지라 어느 정도 짐작하는 바가 있었다.

"골렘이 금속을 모으고 있다 해도, 억지로 빼앗으려 하진 않는 것 같아. 헌터나 사냥꾼을 상대로 골렘이 먼저 호전적으로 나서는 건 본 적이 없고, 먼저 덤벼든 헌터를 격퇴했을 때도 쇠붙이를 슬쩍했을 뿐, 죽인 적은 없는 것 같고……. 뭐, 쓰러진 사람이 가진 걸 슬쩍하는 게 그냥 페널티인지, 보호 대상에서 제외한다는 의미인지, 승리의 표식으로 가져가는 건지는 잘 모르겠지만, 어쨌든……."

"어쨌든?"

"쇠로 된 걸 다 주지 않아도 딱히 신경 쓰지 않을 거야. 이따금 줍거나 별로 쓸데없는 쇠붙이나 주면 충분하지 않을까? 집세 대신 같은 게 아니라, 『적대할 생각 없어, 잘 지내보자』같은 느낌을 보여주면 된다고 생각해……."

마일의 설명에 대충 이해했다는 표정인 아이들.

마일은 아이들을 안심시키기 위해 아이템 박스에 잠들어 있던 '앞으로 절대 두 번 다시 쓸 일 없어 보이는 금속제품'을 공물용으로 몇 개 건넸다.

대실패로 태워 위에 구멍이 뚫린 냄비라든지, 언제 부러질지 모르는 도적의 낡아빠진 검이라든지, 동화 베기 시연 때 사 등분으로 쪼개진 동화라든지…….

검은 혹시 몰라 뚝 부러트린 다음 건넸다. 이렇게 언제 부러져도 이상하지 않은 것을 아이들이 사냥할 때 쓰기라도 한다면 큰 일이다.

마일이 그 녹슨 검을 부러뜨리자, 아이들의 입에서 '아아~!' 하는 비통한 소리가 새어 나왔다.

……역시, 검으로 쓰려고 생각했던 모양이다.

위험했어, 위험했어, 하고 가슴을 쓸어내리는 마일. 이걸 쓰다가 죽기라도 하면 그냥 잠자리가 불편한 정도로는 끝나지 않을 것이다.

*　　*

그렇게 '붉은 맹세'에 의한 부트캠프가 시작된 지 나흘 후, 그들이 나타났다.

"왔어요! 인간, 14명!"

정기적으로 핑(ping)을 때린(탐신마력파를 발신한) 마일이 요리하던 손을 멈추고 모두에게 보고했다.

"그럼 준비한 대로……."

""""해볼까요!""""

'붉은 맹세'가 씨익 웃었을 때 아이들이 걱정스러운 표정으로 말했다.

""""""그거, 요리 다 끝낸 다음에 하면 안 돼?""""""

불과 4일 만에 꽤 뻔뻔해진 것 같았다…….

우선은 그들의 행동이랄까 싸우는 모습을 지켜보기로 한 '붉은 맹세'.

미리 상대의 실력과 전투 방식을 알아두는 것은 병법의 기본이다.

게다가 싸우는 모습을 지켜봄으로써, 그들의 목적이 무엇인지 힌트를 줄 가능성도 있다. 무언가를 노린다거나, 부자연스러운 움직임을 보인다거나…….

"있어요, 저쪽이에요!"

나무 뒤에 숨어서 마일이 손가락으로 가리킨 방향을 응시하니…….

"아~, 그 인간중심주의 녀석들이 맞는 것 같은데…….

레나의 말대로 분명 그때의 유괴범……이랄까, 사신교도들과 비슷한 분위기를 풍기는 사람들이 있었다.

하지만 현대 지구도 아니고, 아무리 같은 조직이라 할지라도 멀리 떨어진 나라의 사람들이 전원 완전히 똑같은 디자인의 망토를 주문해 맞춰 입을 수 있을 리 없다. 테일러(제조사)적으로도, 유통상으로도…….

그래서 다들 그냥 '검은색 망토'를 입었을 뿐, 디자인이라든지 재질은 제각각이었다.

복장과 액세서리 등을 통일해 한패임을 상징하는 단체는 얼마든지 있다. 직업적인 친목 단체에서부터 부인들의 사교 모임까지 무궁무진하다.

그리고 그중에서 어느 정도 경제적 여유가 있는 남자들의 친목회는 같은 색 망토를 두르는 것도 흔한 일이었다.

즉, 망토 색이 같다는 이유만으론 증거가 되질 않는다. 기껏해야

'혹시' 하고 의심할 수 있는 정도에 지나지 않는다.

그리하여 이동하는 남자들을 몰래 미행하는 '붉은 맹세'.

거리를 충분히 벌리고 마일의 탐색 마법으로 추적하기 때문에 들킬 염려는 없었다.

게다가 그리 오래 기다리지도 않을 터였다. 자기 영역에 침입한 자를 골렘이 곧 발견할 테니까. ……그렇다, 마치 뭔가 탐지 수단이 있기라도 한 듯이…….

* *

"왔어요, 골렘이에요. 수는 넷!"

마일이 작은 목소리로 모두에게 알렸다.

전투 요원 열네 명에 대해 골렘이 네 마리면 인간 측이 상당히 불리하다.

골렘은 한 마리당 사람 3.5명이 필요하다. 헌터라면 C등급 상위 25% 안에 들어가는 헌터들이 손발이 착착 맞아야 겨우 상대할까 하는 수준이다.

적당히 싸우다가 달아나는 거라면 부상만으로 그칠지 모르겠지만, 괜히 오기를 부렸다가 도망칠 타이밍을 놓치면 사망자가 나와도 이상하지 않았다.

"괜찮으려나……."

레나 일행도 곤혹스러운 표정을 지었다.

딱히 범죄를 저지르는 것도 아니고 그냥 마물인 골렘과 싸울 뿐인, 그리고 아이들에게 식량을 나눠주고 가는 친절한 사람들이 눈앞에서 골렘에게 죽는 모습을 지켜만 보는 것은 '붉은 맹세'에게 도덕 위반이었다.

하지만 이 지역에 있는 골렘 역시 일부러 이쪽에서 먼저 싸움을 걸지만 않는다면 인간을 공격하지 않는 데다가 흉포한 마물을 잡아주는, 익조(益鳥)와 익충(益蟲)에 버금가는 익마물인 것이다.

반대로 이 근방에 골렘이 사라지거나, 크게 줄어들면 다시 흉포한 마물이 들어와 아이들이 위험해질지도 모르는 상황이었다.

또 애당초 이 싸움은 남자들이 의도한 결과다. 이동 중에 습격을 받은 것도 아니고 자기 발로 찾아와 싸움을 건 것이다. 어떠한 목적을 가지고…….

그런데 자신들마저 골렘이 적으로 인식해서 아이들에게 피해가 미치게 하면서까지 멋대로 개입할 필요가 있을까.

어떻게 해야 좋을까.

""""에구구구구구…….""""

남자들이 접근하는 골렘의 존재를 알아차렸다.

"골렘이다! 수는……네 마리!"

"안 돼, 너무 많아! 도망가자아아아~~~!"

""""""알았다!""""""

일제히 반대 방향으로 달아나는 남자들.

""""뭐야, 저게에에에에에~~!!""""

허무하게 허탕을 치자 턱이 빠질 것만 같은 마일 일행이었다…….

　　　　　　　＊　　＊

　"헥헥헥……. 다들, 무사한가!"

　"네, 모두 다 모였습니다. 한 명이 다리를 삐긴 했지만, 큰 부상은 아닙니다. 치유마법으로 통증도 다 나았습니다."

　골렘 네 마리에게서 달아난 남자들은 쉬면서 겨우 한숨 돌리고 있었다.

　원래 이곳 골렘들은 자신들을 발견하고 달아나는 사람은 별로 집요하게 쫓아가지 않는 습성이 있다고 한다. 모든 골렘이 다 그렇지는 않은데, 이 지역 골렘은 아무래도 조금 독특한 듯했다.

　"지금까지는 한 마리씩만 나타나더니 왜 갑자기 네 마리가 한꺼번에 나온 거냐고! 이야기가 다르잖아, 이야기가! 젠장!"

　남자 중 한 사람이 그렇게 말하며 투덜거렸는데, 그렇게 말해도 어쩔 수 없다. 골렘은 원래 무리 지어 다니지 않는 마물이라지만, 이 남자들이 숫자로 밀어붙여 한 마리씩 잡았으니 골렘도 대응책을 마련한 거겠지.

　"……마물이, 그것도 생각이란 게 없는 녀석이 대응책을 마련한 것도 모자라 그 대안이 다른 골렘과 공동 대응이라니?"

　믿을 수 없다는 표정으로 그렇게 중얼거리는 한 남자.

　"우연이 아닐지……."

　"아니, 골렘과 싸우는 소리에 이끌려 다른 녀석이 나타날 때나 우연이라고 부르지, 처음부터 네 마리씩이나 몰려다니는 게 우연일 리가 없어. 복수하러 왔다고 봐야겠지. 우리가 골렘을 너무 많

이 잡는 바람에…….”

“““““…………”””””

남자들은 머리라도 맞은 듯한 멍한 표정을 짓고 있었다.

예상 밖의 사태에 계획에 심각한 차질이 생기고 말았으니까.

그렇게 넋을 놓고 있는 남자들에게 누군가가 말을 걸어왔다.

“저기, 헌터분들인가요?”

바로 멀리서 탐지마법으로 미행하던 '붉은 맹세' 멤버들이었다.

“마물이 적은 이곳까지 이 많은 사람이 오시다니, 혹시 골렘 사냥인가요? 대단해요, 그 단단하고 내구력이 있으며 말도 안 되게 힘이 좋은 골렘을 잡다니…….”

제일 먼저 말을 건 메비스에 이어서 마일이 감동하였다는 듯이 그렇게 말하자 남자들의 기분이 조금 풀린 듯 보였다.

이렇게 어리고 깨끗한 행색을 한 소녀들이 도적일 리는 없으니까.

또 만약 그런 도적이 있다 하더라도 상인이라면 모를까 14명이나 되는 무장집단을 상대로 시비를 걸 리가 없다. 비싼 물건을 운반 중인 것도 아니고.

곧 소녀들을 경계할 이유가 없다는 결론을 내린 남자들은 금방 마음을 놓아버렸다.

“아, 그게, 헌터는 아니지만, 신체 단련을 하려고. 이왕 하는 거 근처에 마물 숫자라도 줄이면 주민들한테 조금이나마 도움이 되지 않을까 싶어서…….”

이 그룹을 이끄는 역할인 듯한 남자가 조금 수줍어하면서 그렇게 대답했다.

귀여운 소녀들에게 칭찬받고 기분이 좋아지지 않을 남자란 없다. 특히 평소에 그다지 인기가 없는 남자들이라면…….

((((너무 쉬워!))))

폴린의 작전 계획에 따라, 레니의 여인숙에서 익힌 '손님 띄우기 접객술'을 구사한 '붉은 맹세'의 적수는 없었다.

그리고 남자들을 지그시 바라보는 폴린.

"……혹시 여기에 인간이 아닌 분이 있나요?"

"……어? 아니, 없는데…….."

무리를 이끄는 역할인 남자가 상황을 살피듯이 조금 경계한 표정으로 그렇게 대답하자, 옆에서 레나가 설명에 나섰다.

"다행이네요! 저희는 인간 아닌 엘프랑 드워프는 물론이고 수인과 마족도 정말 싫어하거든요. 신이 직접 창조하신 건 인간뿐, 다른 종족은 인간을 모방해서 악마가 만든 부정한 종족이에요…….."

마일이 지금껏 모아온 정보로 만든 미끼였지만, 인간중심주의자나 차별주의자가 아니라면 인상을 찌푸릴 정도의 말이었다.

그리고 그 말을 들은 남자들은…….

""""""오옷!""""""

기뻐서 눈동자가 반짝 빛났다.

밖에서 당당히 떠들 수도 없는 교의를, 평범한 여자애들이 자력으로 도달에 당당히 말하고 있다니, 이 무슨 용기란 말인가!

……게다가 어리고 귀엽기까지.

"자, 잠깐만, 천천히 이야기를 나눠보지 않을래?"

＊　　＊

"그래, 바로 그거지! 우리를 버리고 모습을 감춘 신들 대신에, 새로운 신들을 맞이하고 가호를 부탁드리는 거야! 잘 알고 있구나, 음하하하!"

마일이 아이템 박스에서 꺼낸 도수 강한 증류주와 맛있는 음식, 그리고 귀여운 소녀들의 맞장구에 산속을 뛰어다니느라 지쳐 있던 남자들은 급속도로 취기가 돌았다.

"음, 부정한 자들을 산 제물로 삼아 이세계에서 새로운 신을 맞이하고 그 상으로 그들의 가신이 되어, 그동안 우리의 가치를 깨닫지도 못하고 냉대한 우매한 백성들에게 이 사실을 똑똑히 알려 줘서⋯⋯."

(((((아, 역시 그 사람들이랑 한패네⋯⋯)))))

확실했다.

이제 남은 것은 정보를 모으는 것뿐.

"그 골렘 사냥 말인데요, 단련 말고 다른 목적도 있죠? 어떤 숭고한 목적이 있는 건지 듣고 싶어라⋯⋯."

폴린이 마침내 승부를 걸었다.

가슴을 강조하며 넌지시 떠보기 시작했다.

분명 오늘 밤은 이걸 떠올리며 부끄러워 몸부림치다가 잠 못 들게 틀림없다.

'폴린 씨, 왜 그렇게까지 무리를……'

마일은 속으로 살짝 눈물을 훔쳤다.

술에 취한 남자들은 너무도 쉽게 술술 입을 열었다.

다른 남자들도 마일 일행을 이미 동지라고 생각했기 때문에 그
것을 말리려고 하지 않았다. 오히려 다들 자기 인기를 높여보려
고 기뻐하며 설명을 덧붙였다.

아직 범죄 행위를 저지른 것도 아니고 옳은 일을 하고 있다고
믿었기에, 자신들의 이야기를 기꺼이 들어주는 여자아이들에게
말해주지 않을 이유가 없었다.

"아아, 사실은 동료들이 다른 나라에서 치르던 중요한 의식이
실패로 돌아가 버렸거든. 그래서 다음 의식 때까지 저번 실패의
원인을 밝히려고, 돌아가신 교주님이 깨달음을 얻고 신들을 부르
는 주문을 전수받았다는 성지를 필사적으로 찾아다녔지. 근데 막
상 찾고 보니 골렘들이 지키고 있기에, 쫓아내거나 전멸시킬 수
밖에 없어서……."

딩동~댕!
((((정보 수집, 완료~~!))))

정보 수집이 너무 쉽게 끝나버렸다.

이제 마일 일행이 할 일은 이 무리를 쫓아내는 것뿐이다.

다만, 범죄를 저지른 것도 아니고 그저 마물과 싸웠을 뿐인데
(오늘은 그조차도 하지 않았지만) 그들을 공격하거나 체포할 수

는 없는 노릇이었다. 그랬다가는 이쪽이 오히려 범죄자가 된다.

즉, 이번에는 말로 물러가게 만드는 수밖에 없었다.

"이번에는 골렘이 네 마리나 나왔잖아요? 저희가 마주쳤다면 전멸했을 거예요. 여러분이 싸워서 물리쳐주신 덕분에 정말 살 수 있었죠. 여러분은 저희에게 생명의 은인이에요!"

"음, 음하하, 뭐, 별로 한 것도 없는데. 그 정도야 식은 죽 먹기지."

"맞아. 언제든지 우리한테 도움을 요청해도 돼. 신조가 같은 동지라면 당장 도우러 올 테니까!"

"물론이지!"

다들 적당히 취기가 도는 상태였다.

"네, 이번에는 정말 감사했습니다! 하지만 저희는 이제 이곳을 떠날 거고, 여러분도 술을 드셔서 많이 취하신 것 같으니 오늘은 이만 돌아가셨다가 또 후일을 기약하시는 게 어떨까요?"

"음……, 으음, 그것도 그렇군. 다들 조금 과음한 것 같기도 하고……. 좋았어, 오늘은 이 좋은 만남으로도 충분한 성과가 있었으니, 이만 돌아갈까!"

"""""""오우!"""""""

남자들은 취해도 판단력이 완전히 흐려지지는 않았다. 아무리 여자아이들에게 멋진 모습을 보이고 싶다고 생각해도, 이 인원으로 골렘 넷과 싸우는 것은 정말로 내키지 않았다.

하지만 이대로 도망쳐 돌아가는 것은 자신에게 떳떳하지 못한 일이라고 생각하고 있었는데, 생각지도 않게 당당히 물러갈 수 있는 좋은 이유가 제공된 것이다. 그래서 속으로 뛸 듯이 기뻐했다.

그리하여 그들은 폴린의 말에 만장일치로 찬성했다.

＊　＊

""""계획대로…….""""

너희도 조심해서 돌아가라, 하는 말을 남기고 떠난 남자들의 뒷모습을 눈으로 배웅하며 회심의 미소를 짓는 마일 일행.

"그나저나 이거, 어쩌죠……."

그렇게 말하며 마일이 곤란하다는 듯 손에 쥔 종이 다발을 쳐다보았다.

다른 세 사람의 손에도 똑같은 종이 다발이 쥐어져 있었다. 대부분 질 나쁜 종이었지만, 그중에는 꽤 고급 종이와 양피지도 섞여 있었다.

……그렇다. 남자들이 '언제든지 연락해' 하면서 자기 연락처를 적어 건넨 것이다.

한 명이 그렇게 하니까 너도나도 달려들어 저마다 종이에 쓴 것을 억지로 네 사람의 손에 들이밀었다.

"……뭐, 무슨 일이 생기면 용의자 리스트로 써먹을 수 있으니까 괜찮지 않아?"

그리고 레나의 말에 고개를 끄덕이는 폴린과 메비스였다…….

"자, 그럼 다음은 골렘 쪽인가요……."

마일의 말에 고개를 끄덕이는 레나 삼 인방.

"물론 아까 그 사람들처럼 싸워서 쫓아내거나 전멸시키지는 않을 거지만요."

끄덕끄덕.

"그리고 애당초 골렘들이 뒤에 그『성지』인지 뭔지를 점거한 게 아닐 거니까요. 아마도 그곳은 원래부터 골렘들이 살던 장소라는 생각이 들어요. 제 추측대로라면……."

끄덕끄——……?

"자세히 들려줄래? 네 그『추측』인지 뭔지……."

레나의 재촉에 마일은 세 사람에게 자신의 추측을 들려주었다. 지금까지 모은 정보와 조금 전 남자들에게 얻은 정보를 취합해서 생각해낸 그 추측을…….

"아마도 이곳은 그, 마족들이 조사하던 바위산과 비슷한 곳이 아닐까 생각해요."

"……그 말은, 지하에 골렘들이 있는 유적이 있다는 거야?"

메비스의 질문에 고개를 끄덕이는 마일.

"원래 골렘은 마물치고는 이질적이에요. 다른 마물은『마물』이라고 분류될 뿐이지 뭐, 말하자면 그냥 생물이잖아요? 덩치나 힘은 달라도, 피와 살이 있고 자손을 낳아 기르죠……. 그런데 골렘은 치료가 아니라『수리』로 몸을 회복하죠. 아마 스캐빈저도 그럴 거고요……. 즉, 그건……."

""""그건?""""

"인위적인 것이에요. 그러니까 메비스 씨의 왼팔처럼, 고도의 기술로 만들어진 거죠."

레나 일행은 마일이 말하는 '고도의 기술'이라는 게 마법 기술이라고만 생각했다.

하지만 딱히 뭐든 상관없다. 그것이 '마물이 아니라 지적 생명체에 의해 만들어진 것'이라고 인식만 한다면 마일이 설명하는 내용을 이해하기에 충분했다.

"인간 혹은 인간의 영역을 벗어난 존재가 만든, 생물처럼 움직이는 물체. 그것이 골렘인 거죠. 그리고 전투를 담당하는 골렘의 정비와 수리를 담당하는, 예컨대 기술자에 해당하는 것이 바로……."

"스캐빈저, 라는 거지?"

기초 소양이 높은 메비스가 대신 답을 말했다.

……아니, 사실은 예전에 유적에서 골렘을 수리하는 스캐빈저를 이미 본 적이 있으니 아는 게 당연했지만.

"그래서 이것저것 수리하거나 만들기 위해 금속이 필요하다는……."

"네, 록골렘은 동체 중심부의 구체 이외에는 바위로 되어 있는 덕분에 제조와 수리도 어렵지 않으니 전투 기계로 부리기엔 딱 좋죠. 그리고 귀중한 금속은 중심부의 구체와 다른 용도로 쓰고요."

"그리고 골렘은 다른 마물과 대립한다, 는 거지?"

레나도 과연 상황을 이해한 듯했다.

"네. 뭐, 『다른 마물』이라고 해도 골렘은 애당초 마물이 아니겠지만요."

"그래서 골렘이 늘 스캐빈저와 함께 있는 거구나……."

"스캐빈저가 함께 있지 않은 골렘은 인간이나 마물과 싸우면서 부서지거나 시간이 지나면서 열화와 마모 등으로 인해 점차 수가 줄어들어 수백 년이 지나면 전멸하지 않을까요? 그래서 결과적으로 스캐빈저가 같이 있어 수리 설비가 있는 곳 이외에는 남아 있는 골렘이 없는 게 아닐까 하고…….”

“아, 일리가 있네…….”

폴린도 마일의 설명을 받아들인 듯했다.

“이곳 골렘은 먼저 덤비거나, 영역을 침범하지 않는 한은 덤벼 들지 않는 모양이니, 슬금슬금 다가가 보죠!”

“어째서 너는 그렇게 낙관할 수 있는 거냐고!”

마일이 지나치게 태평하자 어이없어하는 레나.

하지만 마일은 가볍게 대꾸했다.

“그야 교주님인지 뭔지가 주문을 전수받았다는 건, 어떤 기록 이 남겨진 곳까지 갈 수 있었다는 뜻이잖아요? 골렘이랑 스캐빈 저들이 본거지를 텅 비워뒀을 것 같진 않으니 골렘도 교주님도 무사했다는 건 요컨대 싸우지 않고 목적지까지 갈 수 있었다는 게 아닐까요?”

“““““아…….”””””

이런 방면으로는 마일의 사고가 명석했다.

“……뭐, 전부 추측에 불과하지만요!”

“““““아~…….”””””

모처럼 지금까지 들은 이야기의 설득력이 전부 무너졌다.

“하지만 그건 확인하면 그만인 이야기잖아?”

과연 메비스, 리더다운 구석이 있다.

“일단 아이들이 있는 곳으로 돌아가서 상황을 설명한 다음에 골렘들이 있는 곳으로 가보자."

다들 메비스의 말에 동의했다.

만약 골렘과 싸우게 되더라도, 지금의 '붉은 맹세'라면 다치지 않고 현장을 빠져나올 수 있을 것이다. ······아마도.

※　　※

"······와요, 전방에 골렘 네 마리!"

아이들이 있는 곳으로 돌아가 '남자들과 친해져서, 술에 흥건히 취해 기분 좋게 돌아갔다'라는 말을 전했더니, '뭐야, 그게에에에에!' 하고 아이들이 어이없어했다.

아니, 거짓말을 한 게 아니고 무척 진지했는데······.

그리고 다시 골렘에게 향한 네 사람.

"움직임은 천천히. 스태프(지팡이)는 가볍게 쥐기만 하고 힘을 넣지 않도록······."

골렘들이 이런 것까지 신경 쓸지는 모르겠지만 준비해서 손해 볼 것은 없다.

지팡이는 수납에 넣고 갈까도 생각했지만 만일의 사태가 일어났을 때 지팡이의 유무가 생사를 가를지도 모른다고 생각하니, 레나와 폴린은 지팡이를 쥐고 있는 게 좋겠다는 결론이 나왔다.

골렘을 지팡이로 때려봤자 아무 의미 없지만, 상대의 타격을 받아넘기거나 지팡이로 막아 그 힘을 이용해서 뒤쪽으로 점프해 피해를 줄이는 등, 지팡이가 있고 없고는 하늘과 땅 차이였다. 그리고 그 차이가 생사를 가를지도 모른다.

　나무 틈새로 골렘들이 모습을 드러냈다.
　"마일!"
　"네!"
　레나의 지시에 따라 마일이 수납에서 금속제 물건을 꺼냈다. 도적의 녹슨 검이라든지, 불에 타서 구멍이 뚫린 냄비 등이었다. 도대체 얼마나 많은 도적의 검과 구멍 뚫린 냄비를 보관하고 있었던 것인가…….
　마일은 그것들을 내려놓아 슬쩍 골렘 쪽으로 밀고는.
　"짹짹짹짹…….."
　"참새냐!"
　레나에게 머리를 얻어맞은 마일.
　"이리 온, 이리 온…….."
　"진지하게 하라고!"
　다시 레나한테 머리를 맞은 마일.
　마일에게 이렇게 여유가 있는 이유는 골렘들이 멈춰서 있기 때문이었다. 천하의 마일도 골렘이 계속 다가오면 그렇게 웃기게 굴지 않는다.
　그렇게 골렘들이 멀뚱히 서 있기를 잠시, 누군가가 골렘 뒤에서 나타났다.
　그렇다, '사각사각 님', 즉 스캐빈저였다.
　스캐빈저는 마일이 내민 쇠붙이를 네 개의 손으로 움켜쥐더니 마일 일행을 물끄러미 쳐다본 후 뒤돌아 사라져갔다. 골렘들도 바로 그 뒤를 이었다. ……다만, 순식간에 모습을 감춘 스캐빈저와 달리 느릿느릿한 걸음으로.

"따라가요!"

"""오옷!"""

그리고 골렘들의 뒤를 따라 걷는 '붉은 맹세' 멤버들.

"""""…………"""""

'붉은 맹세'가 따라와도 골렘은 딱히 신경 쓰지 않는 듯 묵묵히 걷고 있었지만, 그것도 잠시뿐이었다.

어떤 장소까지 도달하자 골렘들이 걸음을 멈추고 뒤돌아 '붉은 맹세'를 위협하려고 팔을 휘둘렀다.

"아무래도 여기까지인 것 같네요……."

폴린이 당혹스러운 표정으로 그렇게 말했지만, 마일은 태연했다. 그러더니…….

"자요!"

쿵!

수납에서 구멍 뚫린 냄비와 녹슨 칼을 꺼내 땅에 내려놓았다.

도대체, 얼마나 많이 가지고 있었던 걸까. 도적의 녹슨 검은 그렇다고 치고, 불에 타서 구멍 뚫린 냄비를…….

그리고…….

스윽!

마일이 내놓은 쇠붙이를 보고 골렘들이 움직임을 멈추었다.

잠시 시간이 지나자 또 사각사각 등장했다. ……스캐빈저가 말이다.

"자, 이걸 받아주세요!"

그렇게 말하며 스윽, 땅에 물건들을 스캐빈저 쪽으로 미는 마일.

그것을 빤히 쳐다본 스캐빈저는 무표정이었는데, 추가 공물을 '고맙게' 생각하는 것일까 아니면 '한꺼번에 달라고!' 하고 생각하는 것일까…….

마일이 더 내민 금속류를 보고 '붉은 맹세' 멤버들의 모습을 쳐다본 후…… 금속류를 쥐고 그 자리를 뜨려는 스캐빈저의 뒤를 재빨리 따라붙으려 하는 '붉은 맹세'.

하지만 바로 골렘들이 '붉은 맹세'의 앞을 또 가로막았다.

아무래도 즉시 공격 모드는 아닌 것 같았다.

"선물이 효과가 있어요! 우호적인 상대로 인식하고 있는 것 같아요!"

마일의 말대로 평소 같으면 침입을 시도하는 자를 강제 배제 대상으로 간주할 텐데, 골렘들의 태도는 완곡하게 거부하는 듯한 느낌이었다.

스캐빈저도 무슨 일인가 싶었는지 걸음을 멈추고 몸을 돌렸다.

"따라가면 안 될까요? 이것도 드릴 테니…….."

그렇게 말하며 마일이 수납에서 '그것'을 꺼냈다.

"자!"

자신을 향해 내민 '그것'을 보고 그대로 얼어붙은 스캐빈저.

『…………』

그렇다, 바위도마뱀 사냥 때 록골렘을 쓰러트리고 회수해 마일의 아이템 박스(수납)에 줄곧 보관해둔 그것이었다.

······록골렘 동체의 중심부에 있던, 금속제 구체.

잠시 굳어 있던 스캐빈저는 위쪽 손 두 개를 뻗어 그 구체를 받아들고 소중히 가슴에 품었다. 그리고 아래쪽 두 팔로 금속제를 대충 쥐고는 그 자리를 떠나려고 했다.

······아무래도 그 구체는 금속 부스러기 따위보다 훨씬 중요한 것인 모양이었다.

그 뒤를 따르려고 하는 '붉은 맹세'.

하지만 골렘들이 다시 그들을 막으려고 앞을 가로막았다.

"안 되나······. 교주인지 뭔지가 갔으니까 우리도 괜찮을 줄 알았는데······."

"정체도 모르는 사람을 그리 쉽게 자기들의 본거지로 데려갈 리 없는 게 아닐까?"

마일이 고개를 갸우뚱거리며 내뱉은 말에 메비스가 깔끔하게 딱 잘라 말했다.

······옳은 이야기였다.

"그렇지!"

그리고 뭔가 아이디어가 떠오른 듯한 마일.

'나노, 같은 피조물끼리 혹시 의사소통은 안 되나?'

【헉! 이런 것들이랑 저희를 같은 취급 하시다니! 아무리 마일 님이라도 해서 되는 말이 있고 안 되는 말이 있거늘!】

'아~, 미안! 악의는 없었어······.'

【이런 식으로 모욕을 줘놓고 악의는 없었다니요! '악의는 없었다'고 하고 태연하게 그런 말을 할 수 있다는 것은, 앞으로도 아무렇지 않게 계속 그렇게 생각할 거라는…….】

'아~, 귀찮네…….'

진심일까, 아니면 그냥 농담일까…….

어쨌든 지금은 나노머신에게 기대는 수밖에 없다.

'좀 봐줘! 나중에 뭔가 해서 갚을 테니까!'

【씨익…….】

'왜 거기서 의성어를 입으로 말하는 거야! ……입은 없지만…….'

그렇다, 마일의 고막을 직접 진동시키는 것일 뿐 '입으로 말하는 것'이 아니다.

【그럼 소통을 시도하겠습니다. 이것들은 마일 님을 기준으로 '아득히 먼 옛날'의 인간이 쓰던 '고대어'와 피조물 간의 '고속 정보 교환용 데이터 전송 포맷' 등 몇 가지 정보 교환 수단을 쓸 수 있으므로…….】

그리고 1~2초 후.

【마일 님 일행이 그들의 시설을 방문해도 된다는 허락을 받았습니다.】

'빠르다!'

【고속 정보 교환용 데이터 전송 포맷이므로…….】

'아아, 컴퓨터의 연산 속도 같은 건가…….'

빠른 게 당연했다.

"이제 따라가도 되나 봐요."

잠시 침묵하나 싶더니, 갑자기 그렇게 말을 꺼내는 마일.

실제로 골렘들이 가로막았던 길을 터주고 있었다.

"'"…………"'"

수상쩍은 눈빛으로 마일을 응시하는 레나 일행이었다.

……그렇다, 늘 그렇듯이…….

＊　　＊

"저기를 통해 지하로 들어가는 건가 봐……."

레나가 손가락으로 가리킨 방향에, 바위 사이로 틈새가 있었다.

역시 대놓고 문이 있지는 않았다. ……그런 게 있었다면 아무리 깊은 산속이라도 일찌감치 발견되었겠지.

그렇게 스캐빈저의 뒤를 따라 바위 틈새로 들어간 '붉은 맹세'.

골렘들과는 이미 헤어졌다. 아마 원래 있던 곳으로 돌아갔으리라.

밥 먹을 필요도 없는 골렘들이 사명 이외의 일에 소비하는 시간이 있을까…….

……그리고 왠지 나노머신들은 자기가 원하는 대로 쓸 자유 시간이 있을 것 같다는 생각이 드는 마일이었다.

한편 스캐빈저는 뒤를 돌아보지는 않았지만, 마일 일행을 의식하고 있는 듯했다.

그렇지 않다면 평소대로 사각사각 걸어서 순식간에 모습을 감추었을 터다. 그러니 이렇게 천천히 걷는다는 것은 꽤 배려하고 있다는 느낌이었다.

나노머신이 도대체 뭐라고 설명했기에…….

"……슬슬 주요 구획인 것 같네요."

입구 부근은 바닥을 다져놓긴 했어도 울퉁불퉁하고 좁은 돌길이었는데 언제부턴가 금속인지 수지인지 알 수 없는 재질의 통로로 변했고, 상당히 지하 깊숙한 곳까지 들어가자 통로 양쪽에 문이 있는 구획에 다다랐다.

하지만 스캐빈저의 다리는 거기서 멈출 줄 모르고 더 걸어가더니 어떤 방 앞에 다다르자 골렘의 구체와 금속을 다른 스캐빈저에게 건네주고는 다시 걷기 시작했다.

"어디까지 가는 거냐고……."

레나가 그렇게 투덜거리기 시작했을 때, 마침내 스캐빈저가 어떤 문 앞에 정지했다.

자동문 정도는 뚝딱 만들 기술력이 있으면서도 오류를 걱정하는 건지, 에너지 절약 때문인지, 그것도 아니면 그냥 내구성 문제인 건지, 이 시설에 있는 문은 전부 수동이었고 출입구에 문이 없는 방도 많았다. 스캐빈저도 일일이 문을 여닫는 게 귀찮았던 걸까…….

그런데 이 방에는 문이 있었다.

……그렇다는 건, 스캐빈저가 별로 빈번히 출입하지 않는 방이거나 혹은 '문을 달아야 할 이유가 있는 방'이겠지. 어떤 이유인지는 잘 모르겠지만…….

스캐빈저가 문손잡이를 내려 밀었다.

"가요."

순간 망설인 레나 일행에게 그렇게 말하며, 스캐빈저를 따라 방으로 들어가는 마일. 다른 사람들도 살짝 경계하며 그녀를 따랐다.

"……여기는……."

방에 몇 발짝 내디딘 마일이 멈춰 서서 눈을 커다랗게 떴다.

복잡하게 엉켜있는 전선들과 억지로 붙인듯한 고철들.

그리고 원형을 알아볼 수 없을 만큼 온갖 장치가 달린 기계였다.

주변에 달린 기계들은 나중에 붙인 걸 테니 아마 처음에는 지금보다 세련된 모습이 아니었을까.

【자원 절약 타입 자율형 간이 방위 기구 관리 시스템 보조 장치, 제3 백업 시스템. 이곳의 제어 시스템 단말장치입니다. ……현재 이 시설에 남아 있는 유일한 제어 시스템입니다.】

나노머신이 그 말을 뇌에 전달하듯 마일의 고막을 흔들었다.

"이건……."

마일에 이어서 방에 들어온 레나 일행도 그것을 보고 우뚝 멈춰 섰다.

그리고 나노머신의 설명이 마일의 고막을 다시 때리기 시작했다.

【이들에게 마일 님을 이렇게 설명했습니다. 마일 님은 이 기계들을 창조한 자들의 후예이며, 이 행성에서 기계문명을 정확하게 이해할 수 있는 유일한 생물이고, 동시에 『적』이 있다는 걸 알고 있는, 그들과 싸워서 이 세계를 지킬 의지를 지닌 존재라고…….】

'뭐야, 그게에에에!'

【전부 진실이고, 거짓말도 과장도 궤변이나 사기 같은 말도 아닙니다.】

'윽…… . 뭐, 그건 그럴지도 모르지만…… .'

마일은 그 점을 순순히 인정했다.

이 세계 인간들이 모두 그 시대 사람들의 자손인 건 틀림 없겠지. 또, 마일은 이곳의 장치나 시스템이 뭘 의미하는지 알고 있으며, 공강의 균열을 통해 침입한 마물이 있다는 것도 알고 있고, 그들로부터 사람을 지키려는 생각을 품기도 했다.

아울러 자기만큼 이걸 알고 있는 사람이 더 없다는 것도.

'하지만 그 말을 순순히 믿어줄까?'

아무 증거도 없는데 갑자기 그런 말을 듣는다고 해서, 냉철한 계산 결과가 전부인 컴퓨터가 그 말을 믿어줄 것인가. 마일이 그렇게 걱정하는 것도 당연하리라.

하지만…… .

【마일 님의 게놈 정보를 제공했습니다. 그들도 이미 분석을 마친 상황입니다. 더구나 저희(나노머신)가 직접 마일 님을 서포트하고 있으니, 그들이 마일 님의 정보를 의심할 여지는 없습니다.】

'아, 그건 그런가…… . 아니, 그런데 게놈 정보를 그렇게 쉽게 해석할 수 있는 거야?!'

지구의 과학으로는 도저히 미치지 못하는 기술 수준이었다.

"마, 마일, 갑자기 왜 그래?!"

이곳까지 안내해준 스캐빈저는 벽 쪽에서 멈춰 서 있었다.

그리고 마일은 평소대로 나노머신과 이야기 중이었는데, 레나 일행이 보기에는 마일이 그저 아무 말도 없이 멍하니 서 있는 것으로만 보였다. 나머지 세 사람은 뭐가 뭔지 전혀 몰랐기 때문에 마일에게 의지할 수밖에 없었다.

하지만 마일도 이들과 이야기를 나누려면 나노머신을 통해야 하는지라, 세 사람까지 상대하면 도저히 이야기를 진행할 수가 없었다.

그래서 몇 발짝 앞으로 나가서 나노머신이 말하는 '자원 절약 타입 자율형 간이 방위 기구 관리 시스템 보조 장치, 제3 백업 시스템.'인지 뭔지 하는 본체를 향해 오른손을 뻗어 검지를 살짝 갖다 댔다.

"이, 골렘의 우두머리와 소통을 시도하고 있으니 잠시만 말 걸지 말아주세요……."

"엥? ……아, 아아, 알았어……."

아무렇게나 둘러댄 말이었지만, 진지한 표정으로 말하니 레나로서는 그렇게 대답하는 수밖에 없었다. 레나 일행의 간섭이 사라지자 마일은 나노머신과의 대화에 집중했다.

'……그러니까 여긴 고대문명 유적이고, 골렘은 유적의 방위 시스템이란 거지? 자원 절약형 자율 간이 방위 기구인가 뭔가 하는…….'

【네. 메인 시스템은 물론, 서브 시스템, 백업 시스템 등 모든 기능이 정지되었습니다. 지금은 말단 시스템의 백업의 백업의 백업이 기능 일부를 겨우 유지하고 있는 정도입니다. 오래 가봐야 고작 수백 년 정도가 아닐지…….】

'고작 수백 년이라고? 아직 한참 멀었잖아!'

내 수명보다 훨씬 길잖아, 하고 생각하는 마일이었지만 그건 인간의 감각으로 봤을 때 이야기지, 기나긴 시간을 보내온 나노머신과 이 말단 장치에겐 짧디짧은 시간이었다.

마일은 이 말단 장치와 직접 대화할 방법이 없었으므로 일단 나노머신에게 정보를 받고 그것을 간단히 정리해서 알려주기로 했다. 그리하여······.

【다 들었습니다.】

'빠르다!'

1초도 채 지나지 않아 나노머신의 정보 수집이 끝났다.

그리고 그 말에 따르면······.

차원 공간의 균열 발생. 이형(異形)의 존재가 대량 침입. 파괴와 혼란. 붕괴. 탈출.

이 세계를 차마 버리지 못하고 남은 일곱 현인.

슈퍼 솔저 계획. 7분의 1 계획. 기타 계획.

정체불명의 에너지원 발견. 신에너지 개발 계획 수립.

······계획명 이외 불명. 채택 여부, 진행도, 결과 불명.

각지 방위 거점.

긴 세월이 흐르면서 관리자들이 종적을 감추었고, 그들을 대신해 메인 시스템이 자동으로 유지와 관리를 이어나갔지만 수백 년, 수천 년이면 모를까 수만 년, 수십만 년이라는 시간의 파괴력은 너무 강력했다.

아무리 튼튼하다고 한들 모든 것에는 한계가 있는 법.

모든 것은 낡아 사라지기 마련. 그리고 지금 이곳에서 또 하나의 말단 시스템의 종말이 다가오고 있었다…….

'아니, 잠깐만? 이게 다야? 침입자의 정체는? 여러 가지 계획이란 뭐였는데? 관리자들은 어떻게 됐어?'

【데이터 손상이 심각해서……. 이 시스템은 자원 절약형 자율 간이 방위 기구 관리 기능 보조 장치의 제3 백업이라 메인 시스템처럼 정보를 관리하진 않습니다. 아마 상위 시스템이 스스로 판단해서 완전히 멈추기 전에 중요한 정보만 골라 이쪽으로 넘긴 거겠지요. 이 정보는 이 말단 시스템이 작동하는 데 필요한 정보가 아닙니다.】

들고 보니 과연 그랬다. 하긴 경비원이 회사의 경영 방침과 기밀 정보를 다 알아둘 필요는 없다.

【이 장치가 마일 님이 말씀하시는 『골렘』을 관리하면서 먼저 공격하는 경우를 제외하고는 인간을 건들지 말라는 명령을 내렸을 겁니다. 이 장치마저 멈춘다면, 다른 곳과 마찬가지로 골렘과 스캐빈저는 최후의 순간까지 마지막에 받은 지시를 수행하겠지요. 수리 부품이나 재료가 고갈되거나 인간이나 마물, 무언가의 습격 또는 천재지변, 지각 변동 등의 이유로 망가져 모든 기능을 잃을 때까지…….】

그날은 주인을 잃어버린 이 기계들의 비극의 날인가, 아니면 손꼽아 기다리던 안식의 날인가…….

'……왜 수리하지 않지? 스캐빈저가 있으면 골렘은 얼마든지 고칠 수 있을 텐데? 이 메인 시스템도 그렇고…….'

마일의 의문에 나노머신이 대답했다.

【스캐빈저에게 그럴 권한이 없는 거겠지요. 지적 생명체와 접촉하거나, 이 시설의 수리 등은 상위 시스템이나 관리자의 지시가 없으면 손을 댈 수가 없는 겁니다.】

'아, 그런가……. 인간보다 뛰어난 기계 지성체가 자가 판단으로 움직이기 시작하면 무슨 일이 일어날지 모르니까 제한을 두고 명령으로만 움직이게 해놓았다는 거군. ……하지만 그『윗사람들』이나 상위 시스템이 완전히 사라진 탓에…….'

【자기 관할을 벗어나는 시설은 사용할 수 없고, 자기 권한으로 쓸 수 있는 자재도 한계가 있다 보니, 열악한 환경에서 억지로 꾸려나간 결과가 이 단말입니다.】

'…………'

어쩔 수 없는 일.

형체가 있는 모든 것은 반드시 망가지는 날이 온다. 제행무상(諸行無常). 인간의 목숨 역시 그러하다.

영원할 것 같은 기계 지성체도 무한한 시간의 흐름 앞에서는 한순간의 불꽃에 지나지 않는다.

'인간 오십 년, 천계의 시간에 비하면 덧없는 꿈과 같은 것…….'

무심코 속으로 그렇게 중얼거린 마일.

여기서 말하는 '인간 오십 년'이란 인간이 수명의 50년밖에 되지 않는다는 뜻이 아니다.

인간이 사는 이 세상사를 뜻하는 것이다.

즉 인간 세상에서는 50년이라도 천계의 시간으로 보면 한순간에 지나지 않는다. 이 무슨 덧없는 꿈인가, 라는 의미를 담고 있다.

자신이 할 수 있는 일은 아무것도 없다.

고아들도 이 장치가 종말을 맞이하기 전에 성인이 되어 제 갈 길을 가겠지.

……아무런 문제도 없다.

남은 것은 묵묵히 돌아가면 그만. 그저 그것뿐인 이야기였다.

그렇게 생각한 마일이 장치에서 손가락을 떼려고 했을 때…….

【이 장치가 마일 님께 부탁이 있다고 합니다.】

"뭐?!"

예상치 못한 나노머신의 말에 무심코 소리를 내고 만 마일.

'무, 무슨 부탁인데?'

【네, 이들의 조물주인 자손이신 마일 님께 '관리자'의 권한을 드려서 지시를 받고 싶다는…….】

"허어어어어어어어억~~?!"

'무, 무무무…….'

또 무심코 목소리를 내고 만 마일이지만, 깜짝 놀란 레나 일행에게 '아무것도 아니다!'라며 손을 휘젓고는 다시 대화를 재개했다.

'어, 어떤…….'

【어떤이고 자시고, 관리자들의 직계 자손이며 이곳 시설의 의미를

이해하고 본래 목적에 따라 지시를 내릴 수 있는 것은 마일 님밖에 없지 않습니까. 이들은 나노머신(저희)를 '관리자'들이 남긴 다른 시스템이라고 생각하고 있는 건지도 모릅니다. 그렇게 판단해도 이상한 상황이 아닙니다. ……그래서 저희를 움직이는 마일 님에게 그들이 지시를 받고자 하는 건 당연한 이야기겠지요.】

'………….'

마일은 잠깐 동요했지만, 이미 이곳 기계 지성체들에게 감정이입이 되어버려서 조금이라도 이들의 동기 부여가 유지되도록 도움이 되길 바랐다.

'꼭 내가 여기 사령실 같은 데 계속 앉아 있어야 한다거나, 그런 건 아니지?'

【네, 물론입니다. 지시를 두세 개 정도만 내리면 이곳을 떠나도 괜찮습니다.】

'……그럼, 괜찮겠네. 좋아, 받아들일게. 그런데 뭐라고 지시를 내리면 좋을까?'

나노머신은 잠시 뜸을 들였다가 마일에게 알렸다.

【골렘들의 행동 범위 제한 철폐. 수리 범위 제한 철폐. 그리고 개체수 제한 철폐. 이 세 가지입니다. 이렇게 하면 더 멀리까지 나가 재료를 얻어올 수 있으니 이 장치를 고치기 수월해질 겁니다. 또, 다른 부서의 재료나 기자재를 이용할 수 있으니 스캐빈저나 골렘의 숫자를 늘리는 것도 가능하죠.】

'그렇군, 타당한 요구네. ……좋아, 승낙!'

그 후 마일은 나노머신을 통해 단말에 몇 가지 지시를 추가했다.

지적 생명체, 즉 인간, 엘프, 드워프, 나아가 수인과 마족, 요정과 고룡, 덤으로 있는지 없는지 확실하지는 않지만, 정령 등이 적의를 보이거나 먼저 공격하지 않는 이상은 가능한 공격하지 말 것.

절대 손대지 말라고 하면 인간들에게 금방 사냥당할지도 모른다.

굳이 이런 곳까지 찾아와 시비를 거는 상대까지 배려해 줄 필요는 없다. 죽고 싶지 않으면 자기들이 물러나면 그만이니까.

이곳은 '그날'이 왔을 때 이 세계를 지키기 위해, 먼 옛날 사람들이 남겨준 것이다. 설령 그 기능을 거의 다 잃고, 이제 고물이나 다름없어졌다고 해도. 그래도 남겨두어야 했다.

그리고 고아들을 은근히 지켜주고 지원해줬으면 좋겠다는 것.

또, '그자들'이 오면 골렘을 잔뜩 내보내서 상대하지 못하게 만들 것. 그래도 상대가 물러나지 않을 때는 모든 수단을 총동원한 배제를 허가한다.

그리고 마지막으로 다른 자에게 이차원과 연결되는 균열에 대한 힌트가 될 법한 정보를 제공하지 않을 것.

나노머신을 통해 알아본 결과로는 아직 이 단말을 통해 다른 사람에게 '적'의 정보가 넘어간 적은 없다고 한다. 메모리 손상으로 기록이 사라진 건지, 정말 그 정보를 찾아간 사람이 없는 건지는 모르겠지만⋯⋯.

다만, 이곳 상황을 봐서는 아마 손상되었다는 쪽이 맞을 것 같다.

이 유적에서 쓰는 언어는 현대의 언어와 다르거니와, 교주인지 뭔지가 기계어를 썼을 리도 없다. 애초에 이차원 이야기가 나왔을 것 같지도 않고, 그걸 암시할 마법진이나 그림이 있는 것도 아니다.

그들이 이야기한 교주인지 뭔지가 겪은 일이 어디에서 일어난 건지, 무슨 일이 있었던 건지, 그게 과연 이곳인지, 아니면 잘못 알려진 건지. 지금은 아무것도 확인할 방법이 없다.

하지만 결과적으로는 그 덕분에 마일이 귀중한 정보를 얻을 수 있었고, 그들은 영원히 정답을 알아낼 수 없다. ……어차피 이곳이 '잘못된 장소'라는 사실을 아는 게 영원히 불가능하니까.

나중에 골렘이 늘어나고, 다른 경비 시스템도 부활한다면 그들은 손도 대지 못할 거다.

"됐어, 이만 돌아가요!"

"무, 뭐야, 갑자기?!"

기계에 손가락을 댄 채로 줄곧 입을 꾹 다물고 있던 마일이 갑자기 큰소리를 내자 레나가 깜짝 놀라고는 투덜댔다.

"정보 수집이 끝났어요. 여기 있는 골렘과 스캐빈저는 사람을 먼저 공격하지 않아요. 그 남자들과 아무 상관도 없다는 것도 알아냈고요. 아무래도 그 사람들이 착각한 모양이에요. 그 사람들이 고아들에게 뭘 하는 것도 아니고 골렘도 딱히 문제없으니, 그들이 멋대로 덤벼들었다가 골렘에게 당하든 말든 저희와 아무 상관도 없죠. 즉, 의뢰 임무 완료입니다! ……어라? 왜 그래요?"

"".............."""

입을 다문 레나 삼 인방.

"그걸 어떻게 알아냈어?"

웬일로 레나가 아니라 메비스가 지적했다. 수상하다는 표정으로.

그리고 마일의 대답은 여느 때와 같았다.

"……가, 가문의 비전이에요!!"

그렇게 겨우 동료들을 속이는 데 성공했다고 생각한 마일이 돌아가려고 채비했을 때…….

【마일 님, 이대로라면 이 말단 장치는 앞으로 수백 년 안에 기능을 멈추게 됩니다.】

'으, 으응, 아까도 그렇게 말했었지. 하지만 소재 수집 범위가 넓어졌으니 조금이나마 연명 가능한 게…….'

【마일 님, 이대로라면 이 말단 장치는 앞으로 수백 년 안에 기능을 멈추게 됩니다.】

'……응, 그러니까 아까 그렇게 말을…….'

【마일 님, 이대로라면 이 말단 장치는 앞으로 수백 년 안에 기능을 멈추게 됩니다.】

'아, 진짜! 하고 싶은 말이 뭔데! 확실히 말해!'

【마일 님, 이대로라면 이 말단 장치는 앞으로 수백 년 안에 기능을 멈추게 됩니다.】

'화낸다?! 좀 적당히…… 아 참.'

마일이 마침내 눈치를 챘다. 나노머신이 절대 장난치거나 마일을 놀리는 게 아니라는 사실을.

　……말하고 싶어도, 말할 수 없다.

　금칙사항.

　그래서 필사적으로 마일에게 호소하고 있는 거라고. 알아주길
바란다, 깨달아달라고.

　'……나노, 이 장치를 수리할 수 있어?'

　【……금칙사항입니다.】

　'안 되나……. 아, 그러면…….'

　마일은 말단 장치를 향해 주문을 외웠다.

　"메모리 복구, 기판 갱신, 광파이버, 회로 전개! 리페어!"

　슈우우, 하고 빛이 회오리바람처럼 일어나 말단 장치를 감
쌌다.

　빛의 회오리가 사라지자 마치 아무 일도 없었다는 듯 직전의 풍
경이 그대로 돌아왔다.

　하지만 마일은 알았다. 자신이 정답을 맞혔다는 것을. 그리고
외관은 그대로지만 그 말단 장치가 나노머신에 의해 복구 작업을
받았다는 사실을.

　자신들의 판단으로 움직일 수는 없어도 '마법으로, 사념파로 명
령을 받으면 선악 그리고 자신들의 의지와 상관없이 그 명령을
수행한다'. 그것이 나노머신들이 조물주로부터 받은 명령이니까.

　여하튼 마일이 정답을 맞혔다는 증거로 나노머신의, 마치 고장
난 레코드 같은 반복 재생이 더는 나오지 않았다.

　【…………】

나노머신은 아무 말도 하지 않았다.

그는 마일에게 아무런 부탁도 하지 않았다. ……금칙사항에 저촉되는 부탁은, 아무것도.

마일 역시 아무것도 부탁받지 않았다. ……금칙사항에 저촉되는 것은.

그래서 나노머신은 마일에게 뭔가(답례라든지 감사 인사라든지)를 하지 않았고 할 이유도 없었다.

어차피 그럴 필요는 없었다.

마일은 전생까지 포함해서 남의 미묘한 마음을 읽는 게 서툴렀다. 하지만 왜 그런지 이런 부분은 잘 이해했다.

그리고 나노머신도 그것을 잘 알았다.

그래서 아무 말도 필요 없었다. 그저 그것뿐인 이야기였다.

"……아이들이 있는 곳으로 돌아가요."

마일이 그렇게 말하자 모두 고개를 끄덕였다.

그리고 문을 열어준 스캐빈저의 뒤를 따라 방을 빠져 나온 '붉은 맹세'.

문이 닫히기 직전, 마일 일행에게는 들리지 않는, 그리고 감지조차 할 수 없는 방법을 써서 나노머신이 메시지 데이터를 전송했다. 자신들과는 다른 존재가 만든 것들이지만, 같은 피조물로서 아득히 먼 옛날에 받은 지시를 계속 지켜나가고 있는 '동류'에게.

【너희가 나설 날이 머지않았다. 그 사명을 완수하여, 조물주의 기

대에 부응하도록 하라…….】

　말단 장치의 표시 램프가 깜빡거렸다. 조금 전 기능을 회복한, 그 표시 램프가…….

　마치 감사 인사를 하기라도 하듯. 그리고 '맡겨만 줘!' 하고 소리치는 것처럼 보였다.

＊　　＊

　그로부터 오랜 시간이 지난 어느 날.

　바위 틈새처럼 위장한 출입구에서 슬금슬금 뭔가가 기어 나왔다.

　그것들은 제각기 분리되어 사방으로 뿔뿔이 흩어졌다.

　어떤 것은 지하자원을 구하러.

　어떤 것은 좀 더 재빠르게, 인간을 비롯해 다른 지적 생명체의 주거 지역에서 몰래 소재를 가져오려고.

　……그리고 어떤 것들은, 수리하기 위하여.

　아득히 멀리 있는, 목적지로…….

　지금까지는 망가질 때마다 수리를 반복하다 완전히 망가지면 동료들이 부품을 회수해 다른 무언가로 다시 태어났다.

　……그것은 허무한 죽음이 아니었다. 조물주의 의지에 따른, 거대한 윤회의 일환에 지나지 않았다.

　하지만 머나먼 땅에서 쓰러지면 회수할 도리가 없기에 부품은 쓸모없는 물건이 된다. 허무한 죽음이 되어, 윤회의 틀에서 벗어나 진정한 '무(無)'가 된다.

그것은 생물들이 말하는 '죽음'이라는 개념에 가까웠다.

그 '죽음'을 각오한, 그야말로 '결사대'.

그들은 나아갔다.

수리를 기다리고 있는, 앞으로 만나게 될 동료들이 있는 곳으로.

그리고 마일은 알지 못했다.

자신이 과연 무슨 짓을 저지르고 말았는지를…….

*　　*

그 후 아이들이 있는 곳으로 돌아가 이만 떠나겠다는 말을 전한 '붉은 맹세'.

골렘이 위해를 가할 걱정이 별로 없다는 것은 굳이 알리지 않았다.

아이들이 기고만장해져서 골렘이 공격으로 간주하는 행동을 한다거나 골렘이 자신들을 지켜줄 거라고 믿고 위험한 일에 손을 댈 가능성도 있고, 다른 지역 골렘은 관리 시스템의 지휘 아래에 있는 것이 아니기에 말 그대로 기계적으로 침입자를 배제하려고 할지도 모르기 때문이다.

사고를 예방해서 나쁠 건 없으니까.

한편 예상했던 대로 아이들은 '붉은 맹세'에게 전력을 다해 매달렸다.

그도 그럴 것이.

맛있는 밥 자동 제조기.

전자동 검술 훈련 장치.

마법 교수 장치.

주거 제조기.

태워서 구멍 뚫는 기계.

……그 모든 편리한 도구가 한꺼번에 사라진다.

인간이란 한 번 맛본 사치는 두 번 다시 놓을 수 없는 법이다.

마지막 건 아닐지도 모르지만…….

"그렇게 매달려도 우리가 계속 여기에 살 수는 없다는 것 정도는 너희도 잘 알 거 아니야!"

아이들에게 강하게 나갈 수 없는 마일과 메비스를 대신해 그렇게 화내는 레나.

"……하지만……. 하지마안……."

"윽……."

천하의 레나도 눈물이 그렁그렁 맺힌 어린아이들에게는 약했다.

하지만…….

"자, 마을로 돌아가요!"

폴린은 울상인 아이들을 완전히 무시했다.

"하지만 누나들이 가버리면 우리의 생활이…….".

한 아이가 그렇게 말하자 폴린이 아이들의 뒤쪽을 손가락으로 휘익 가리켰다.

그 손끝에는…….

안전을 생각해 나무 위에 지은 트리 하우스.

주방, 수영장이 있는 약수터.

그 옆에 만들어진 가마솥 세 개. 그 옆에는 냄비가 여러 개.

처음 왔을 때 보다 훨씬 넓어진 밭.

대나무창, 목검, 검, 수제 활과 화살이 늘어서 있는 무기 창고.

쇠로 된 괭이 한 자루와 나무로 만든 농기구.

그 외 기타 등등…….

"어디까지 사치를 부리려는 거야!!"

""""""히이이익~~!!""""""

……지나치게 호화로웠다.

마일이 이곳에서 그 남자들이 오기를 기다리다 지루함을 달래기 위해 취미로 이것저것 만들었는데…….

그게 도가 지나쳤다.

도시의 부랑아는 무슨, 근방의 마을 사람과도 별반 다르지 않은 생활 수준이었다.

위험한 마물은 거의 없고, 사람의 발길도 뜸하니 사냥감으로 삼을 작은 동물도 많은 데다, 넓은 밭까지 생겼으니, 적어도 식생활 부분은 도시의 빈곤층보다 나을 터…… 아니, 분명히 나았다.

* *

"그래서 앞으로 어떻게 할지 말인데……."

마을로 돌아와 유적과 관련된 부분은 전부 생략하고 골렘은 자기 영역에 들어오지만 않으면 그리 위험하지 않다는 사실, 수상한 남자들은 골렘과 싸우러 온 것일 뿐 아이들에게는 꽤 친절하다는 사실 등을 알려주고 무사히 의뢰 임무를 완수해 보수를 챙긴 '붉은 맹세' 일단 목적지였던 다음 마을에 도착해 여인숙에서 앞으로의 계획에 대해 의논하고 있었다.

"이만 돌아가도 되지 않을까?"

"그래. 이의 없음!"

"저도 동의해요!"

어디로 가든 상관없는 마일과 레나와는 달리, 메비스와 폴린은 티루스 왕국에 집과 가족이 있다. 아무리 해도 티루스 왕국이 고국이고 있어야 할 곳이라는 생각이 머릿속에서 지워지지 않았다.

……그야 고아인 데다가 부모님의 출신 나라조차 모르는 떠돌이인 레나나, 귀족의 이름으로 누구보다 깊이 나라에 얽매여 있는 주제에 자신은 떠돌이 자유인이라고 생각하는 마일이 조금 특이한 경우다.

또, 레나와 마일도 따로 살고 싶은 장소가 있는 게 아니었다. 그래서 그럭저럭 지인도 생겼고 메비스와 폴린의 모국인 티루스 왕국을 본거지로 삼는 데에 아무런 이의도 없었다.

"그 수상한 종교의 발상지도 이 근처가 아니었다는 모양이고요. 또 교주와 함께 정보원이 사라졌고 남은 자들은…… 뭐, 별로 위협적이지 않고……. 그럼 돌아갈까요, 티루스 왕국으로!"

""" "하앗!" """

그리하여 '붉은 맹세'는 진로를 서쪽으로 틀어 귀로에 올랐다.

"……그런데 제일 처음 도착한 곳이 여기네요……."

그렇다, 당연한 말이지만 아가씨 일행이 망명했고 고룡이며 비늘 등 이런저런 일이 있었던 트리스트 왕국이다.

"불과 얼마 전에 떠난 곳이니까, 아가씨 쪽은 아직 아무런 변화가 없겠지. 대부업자 일당들이랑 만나도 딱히 별일 없을 거고, 상인들을 만나면 또 비늘을 팔라고 시끄럽게 굴 것 같고……."

""" "그냥 지나갑시다!" """

그리하여 이곳에서는 묵지 않고 그대로 다음 도시로 향하는 '붉은 맹세' 일행.

물론 오늘 밤은 야영이었다. 욕조에 샤워, 휴대용 화장실(개별실. 휴대할 수 있는 건 마일의 아이템 박스에 들어 있으니까)이 있어서 여인숙에서 묵는 것보다 훨씬 쾌적하고 여인숙에서 묵는 것보다 훨씬 맛있는 식사를 할 수 있는 야영.

"……있지, 우리 말이야, 꼭 여인숙에 묵어야만 하는 이유, 있을까?"

""" "…………." """

"메비스, 너……."

"다들 알고 있으면서도 절대 입에 올리지 않았던 건데……."

"마침내 말해버리고 말았네요, 메비스 씨……."

"엥? 그렇게 중대한 일이었어? 말하면 안 되는 거였어? 엥? 에에에엥?"

'다들 어렴풋이 알아차리고는 있었지만, 굳이 말하지 않은 것'을 거침없이 말해버린 메비스 때문에 분위기가 미묘해진 '붉은 맹세'.

그리고 분위기가 이상해져서 초조해진 메비스.

"뭐, 길드에 얼굴을 내밀어야 하기도 하고, 수행 여행인 만큼 도시에도 들려야 하니까…… 길에서 야영할 수는 없지. 그리고 그건 티루스 왕국 왕도에 돌아간 후에도, 마찬가지야."

"아쉽네요……."

레나의 말에 힘없이 동의하는 폴린.

"……'홈'은?"

"""아…… """

마일이 중얼거린 '홈'. 정확하게는 '파티홈'이었다.

푼돈을 차곡차곡 모은 파티가 다 함께 빌려서 사는 집.

그건 어느 정도 성공한 파티라는 증거이며, 동시에 여인숙 딸인 레니가 적대시하는 것이었다.

잠시 들린 티루스 왕국 왕도를 출발할 때도 그 이야기가 나오자 레니가 조금 동요했었다.

"집을 빌리면 뒤뜰에다가 욕탕이랑 제대로 된 화장실을 만들고, 요리도 부엌에서 하고, 언제든지 만들고 싶은 만큼 만들 수 있어요!"

"""오오오오오!"""

마일의 말에 기뻐서 탄성을 내지르는 레나 일행.

"……뭐, 매번 마일에게 요리를 시키는 것도 미안하니까 물론 가끔은 외식도 하고, 또 다 함께 교대제로. 물론 나도 만들게!"

웬일로 레나가 성실하게 굴었다. 하지만…….

"아직, 홈은 시기상조인 것 같아."

"그러네요! 좀 더 돈을 모은 다음에……."

"네, 아직 신참인 우리한테는 분수에 맞지 않아요!"

다들 갑자기 마음을 바꾸자 어리둥절하면서도, 파티의 의사는 다수결로 정한다는 원칙을 준수하는 레나는 순순히 받아들였다.

"……그래? 뭐, 모두가 그렇게 말한다면……."

"'세이프! 세에에에~이프으으!!'"

……아무래도 레니의 여인숙은 당분간 4인분의 숙박비와 목욕탕 급탕 요원을 확보한 듯하다. 레나의 요리 실력 덕분에…….

*　　*

"한동안 가질 못했는데, 녀석들, 몸 상하진 않았으려나 걱정이군……. 아무리 산나물을 캘 수 있다고는 하지만 제대로 요리도 못해서 그런 것만 갉아먹고 있으면 배탈 나고 만다고. 작은 동물도 그 애들은 며칠에 한 마리 잡으면 다행인 수준이고. 가끔은 제대로 된 빵이랑 수프를 먹여야지……."

그렇게 중얼거리며 평소보다 많이 '지나치게 구운 빵'과 '너무 많이 만든 수프 분말' 등을 '버리기 위해' 굳이 몇 시간에 걸쳐 찾아온, 좀 지나치게 착해 보이는 마을 사람.

……물론 이 남자가 혼자서 다 준비한 것은 아니고 다른 마을 사람들이 '너무 많이 만들어서, 같이 버려줄 남자에게 부탁한 것'까지 포함되어 있었다.

궁핍한 마을에는 외지인에게 줄 만한 식량이 없었다. 그렇게 했다가는 아직 여유가 있구나, 하고 영주가 세금을 올릴 구실을 줄 뿐이다.

하지만 필요 없게 된 것을 '버리는' 것이라면 아무런 문제도 되지 않는다.

"이제 슬슬……, 앗, 뭐야, 저게에에에에에에!!"

아이들의 생활환경이 지나치게 격변한 모습을 보고, 놀라서 눈이 휘둥그레지는 마을 사람 A였다…….

막간   마일의 일곱 가지 필살기

【마일 님, 『필살기』건 말입니다…….】

갑자기 나노가 그렇게 말을 꺼냈다.

"필살기? 뭐야, 그게?"

마일은 무슨 소리인지 알 수 없었다.

【그 왜 있지 않습니까, 예전에 쓰셨던 『소단안(素單眼, 스틸 건)』인가 뭔가 하는…….】

"아아!"

그러고 보니 그런 게 있었네, 하고 기억을 떠올린 마일이 손뼉을 짝 쳤다.

【제 기억으로 그때 『일곱 필살기 중 하나』라고 말씀하셨던 것 같은데요? 나머지 여섯 개는 어떻게 되었나 싶어서…….】

하긴, 그 후에 나노와 잡담을 나누면서 그런 말을 한 기억이 난다.

하지만 그건 분위기를 타는 김에 내뱉은 허풍이랄까 농담이었기 때문에, 실제로는 그런 것을 하나도 생각하지 않았었다.

근육맨에 나오는 '48 살인기'라든가, '초인 102예' 따위와 같은 것이었다.

"아니, 그냥 멋있어서 대충 둘러댄 말이지 그거 말고는 아무것도 생각한 게……."

《《《《《《허어어어어어어어어어어~~억?!》》》》》》》

"꺄아아악! 뭐, 뭐야 갑자기!"

실제 목소리도 아니고 고막을 직접 진동시키는 방식으로 대화하는데, 여러 나노의 비명이 동시에 들어오니 버틸 재간이 없었다. 무심코 귀를 막고 비명을 내지르는 마일.

【그, 그그그, 그러면 곤란합니다!】

"곤란하다니, 뭐가……."

【이미 마일 님의 필살기 효과 담당자 오디션 준비가 끝나서 다음 주면 테이프 오디션이 시작된다고요! 어떻게 하실 거예요?!】

"그건 내 알 바 아니잖아!"

자신이 모르는 곳에서 이야기가 멋대로 진행되어, 패닉에 빠진 마일.

【아, 아직 늦지 않았습니다!】

"아, 뭐야……. 그럼 지금 당장 중단 절차를……."

【서둘러서 다 함께 나머지 여섯 가지 필살기를 생각하면…….】

"진행하는 거냐아아앗!"

【『소단안(스턴 건)』에서 파생한 기술로, 연사하는 특징이 있는 『마신안(魔神眼, 머신 건)』은…….】

〔페이저 빔(위상 광선)을 여섯 개 안에 넣으면…….〕

{메이서 살수 광선!}

《초인적인 힘!》

[둔갑술 키스 날리기!]

143

≪바지 벗고 무릎 차기!≫ (만화 『과연 사루토비』에 나오는 필살기)
〈뇌살, 『진주 같은 눈물을 머금으면』!〉

"어째서 색기 방향으로 흘러가는 건데!"
【……색기?】
〔…………〕
{…………}
《…………》
[…………]
≪…………≫
〈…………〉

"뭐야, 그 무언으으으으으으은! 아니 그리고 왜 고막 진동으로 대화하는 방식이면서 무언을 표현할 수 있는 거냐고오오오오오오!"
【다들 그래도 조금은 『알맞은 역할』이라든지 『미스 캐스팅』이라든지 『생떼는 부려봐야 헛수고』 같은 걸 인식하고 있어서…….】
"시끄러워어어엇!"

이후로 불같이 화를 낸 마일은 일주일 정도 나노머신이 아무리 말을 걸어도 대답하지 않았다고 한다…….

제83장 출발 대작전

"드디어 때가 되었네요. 두 분 모두, 각오는 되어 있으시겠죠?"

마르셀라의 말에 고개를 끄덕이는 모니카와 올리아나.

그렇다, 마침내 내일이 그녀들의 졸업식이었다.

……그리고 동시에 여성 근위 분대 입단식 날이기도 했다.

오전에 애클랜드 학원 졸업식. 그리고 오후에 근위 분대 입단식이 치러진다.

그렇다, 지금은 '결행 전날 밤'. 그녀들이 이 학원 기숙사에서 보내는 마지막 밤이었던 것이다.

이미 그녀들의 방은 원래 있던 비품 이외의 물건이 거의 남아 있지 않았다. 마르셀라와 모니카의 개인물품은 대부분 낮에 하인이 와서 가져갔다.

올리아나는 지난 3년 동안 사 모은 저렴한 개인물품은 원래 다 버리고 갈 생각이었기에, 대부분은 평민 출신 후배들에게 나눠주고 나머지는 폐기 처분했다. 그렇게 싼 물건을 시골집까지 가져갈 바에야 이곳에서 버리고 집과 가까운 도시에서 새로 사는 편이 훨씬 싸게 든다.

이렇게 해서 그녀들의 방에 남겨진 것은 내일 졸업식 때 입을 교복 한 벌과 사복 한 벌 그리고 등에 멜 배낭에 들어갈 정도의 짐뿐이었다.

……참고로 졸업할 때 교복 등은 전부 반환해야 한다. 원래 '대여'된 지급품인 것이다.

기념으로 사고 싶다는 학생도 매년 상당수 나오지만, 교복이 악용되는 것을 방지하기 위해 절대 허가가 떨어지지 않았다.

그래서 아델이 두 벌이나 가져간 게 문제가 되었지만, 사정이 사정인 만큼 불문에 부쳐졌다. ……어차피 회수할 방법도 없었으니, 묵인하는 것 말고 다른 방도가 없었을 뿐이지만.

지금까지 세 사람이 몇 번이나 검토한 작전이다. 이제 돌이킬 수 없다.

세 사람은 다시 서로를 향해 고개를 끄덕인 후 내일에 대비해 각자의 방으로 돌아가 잠자리에 들었다.

앞으로 대화를 나눌 기회는 얼마든지 있다.

그렇다, 내일부터 시작될 기나긴 여로에…….

* *

"우리는 새로운 세계로 출발합니다!"

""""""출발합니다!""""""

흔해 빠진 졸업식.

그것도 왕족과 상급귀족의 자녀, 하급귀족 후계자와 대규모 상가 자녀들이 다니는 아들레이 학원이 아니라 하급귀족 후계자를 제외한 자녀들, 중간 규모 상가의 자녀 그리고 장학금 특기생인

평민 등이 다니는 애클랜드 학원의 졸업식이다. 내빈도 부모 · 형제도 거의 참석하지 않는다.

작년까지는.

그렇다. '작년까지는'이다.

올해는 무슨 영문인지 내빈석도 가족석도 꽉 찼다.

왜 그럴까.

아마도 내빈석에 국왕 부부, 두 왕자와 왕녀들, 기타 대신이며 상급귀족 등 높으신 분들이 앉아 있어서일 것이리라.

'그 소녀'의 절친한 벗이며 여신에게 사랑받은 기적의 소녀들.

미소녀들이 모여 있고 공격마법을 쓸 수 있으며 제3왕녀의 벗이자, 최초의 왕녀 친위대인 '여성 근위 분대'의 창단 멤버. 심지어 그중 하나는 두 왕자가 상당한 관심을 품고 있는, 장래 왕세자빈 제1 후보였다.

그 졸업식에 국왕 부부와 두 왕자, 왕녀, 기타 나라의 중진들이 출석한다는 이야기를 듣고, 그 소녀들과 같은 반, 같은 학년 학생들의 부모가 출석하지 않을 리가 없었다.

얼굴을 팔 수도, 운이 좋으면 이야기도 나눌 수 있는 절호의 기회다. 이런 좋은 기회를 놓칠 귀족과 상인이 어디 있겠는가.

그렇게 식순이 하나하나 진행되어 졸업식이 끝났다. 예년과 같이, 아무 일도 없이……

*　　*

"가요!"

""네!""

졸업생 대표와 답사를 맡은 마르셀라와 올리아나는, 앞으로 있을 일을 생각하면 그런 것쯤은 조금도 긴장되지 않았다. 맡은 임무를 완벽하게 수행하고 근위 분대 입단식에 가야 한다.

근위 제복은 이곳에 없다. 왕궁에 가서 받아 갈아입어야 한다.

치수를 미리 쟀기 때문에 헐렁헐렁한 제복을 받을 일은 없으리라. 옷매무새도 선배들이 도와주기로 했다.

……지금까지 여성들로만 구성된 근위 분대는 없었지만, 딱히 여성 근위병이 전혀 없었던 것은 아니다. 수는 적어도 남성들 사이에 섞여 활약하는 여성 근위병은 존재하며 그 덕분에 이번 여성 근위대 창설도 그리 어렵지 않았다. 이것이 남성만으로 이루어진 자리였다면 이렇게 원활히 진행될 수 없었으리라.

각자의 방에서 사복으로 갈아입고 벗은 교복은 침대 위에 둔 다음 배낭을 메고 서둘러 왕궁으로 향하는 마르셀라 일행. 점심은 생략했다.

내빈과 가족들이 점심 식사 자리에서 교류를 다지는 동안 입단식 준비와 리허설을 해야만 했기에 시간이 없었다. 여기서 점심을 먹고 있는 내빈들 대부분이 오후의 입단식에도 얼굴을 내미는 사람들이다.

……다만 마르셀라와 모니카의 부모님은 입단식에는 오지 않았다.

당연하다. 학원 졸업식은 그렇다고 쳐도, 회사 입사식에 따라

오는 건 좀 그렇지 않은가.

그리고 올리아나의 부모님은 졸업식에도 오지 않았다. 졸업식 정도로 시골에서 왕도까지 올 정도로 돈에 여유가 있지 않았기 때문이다. 지방 농민으로서는 지극히 당연한 일이었다.

＊　　＊

"이렇게 입으면 되는 건가……."

선배 여성 근위병의 도움을 받아 막 지급된 제복을 겨우 입은 마르셀라 일행.

오늘은 식전이어서, 실전용 장비가 아니라 화려하고 멋있는 여성용 제복이었다.

주위에는 마르셀라 일행 이외에 다른 소녀들도 있었다.

다들 귀족이나 장교 집안의 자녀들로 어릴 때부터, 혹은 여성 근위 분대 창설 이야기가 나온 이후로 허둥지둥 무술과 공격마법 등 훈련을 거쳐, 적어도 자기 몸을 바쳐 왕녀님을 보호하고 남성 근위가 달려올 때까지 몇 초를 벌 의지와 기술을 익힌 자들이었다. ……아마도.

마르셀라 일행은 제복과 이외에도 다른 물품을 받았다.

검과 단검.

레나나 폴린을 포함해, 헌터 출신의 마술사는 대부분 대충 휘둘러도 몸을 지킬 수 있는 지팡이를 사용하지만, 자신이 아닌 남을 지키며, 적을 쓰러트리는 게 최우선사항인 호위대는 검을 드는 게 타당했다.

만약 영창이 늦어지거나 마력이 동났을 때는 물귀신 작전이라
도 써야 하니까. 상대가 검이라면 최소 맞찌르기 정도는 할 수 있
을지도 모른다.

근위병의 임무는 생존이 아니다. 호위 대상을 지키는 게 목적
이며, 목적을 위해서라면 몸이나 목숨도 투척 나이프처럼 내버릴
수 있어야 한다. 그게 '근위'라는 존재다.

매일같이 싸우는 헌터나 다수의 적과 계속 싸워야 하는 일반 병
사라면 '자신의 몸을 지키고 자기가 죽지 않는 것'이 최우선이지
만, 근위병은 그렇지 않은 것이다.

단검은 예비용 무기다. 좁은 곳이나 물속 등, 검으로 싸우기 힘
든 장소에서 싸울 때 사용한다.

검사가 들고 다니는 예비용 단검에 비하면 훨씬 짧지만, 나이
프보다는 길었으므로 마르셀라 일행에게는 이것도 그럭저럭 큰
편이었다.

……그리고 주 무장인 검은 '조금'이 아니라 너무 길었다.

하지만 이건 어쩔 수 없다. 보통 16살이 넘어서 쓰는 검인데,
마르셀라 삼 인방은 아직 13살이 된 지 얼마 되지 않은 미성년자
들이었으니까…….

"자, 갑시다!"

그리하여 선배 여성 근위병의 인솔을 받으며 입단식 회장으로
이동하는 신참 여성 근위병들이었다…….

                    *   *

"겨우 끝났네요⋯⋯."

귀찮은 의식이며 훈시가 끝나고 국왕 폐하에 대한 맹세와 직접
모시게 될 제3왕녀 전하에 대한 맹세까지 끝나 겨우 자신들의 방
으로 돌아와 한숨 돌리는 마르셀라 일행.

원래는 시녀들의 방이었던 곳 중 세 개가 신설 여성 근위 분대
의 방으로 바뀌어, 세 명씩 총 세 조로 나뉘어 배당되었다. 밀착
호위를 해야 하므로 제3왕녀 전하의 방과 가까운 곳을 근위에게
주고, 시녀들은 조금 더 떨어진 방으로 옮기게 되었다.

왕녀님의 안전을 위해서니 시녀들도 불평할 수 없었고, 아마
불평할 생각도 없었으리라.

오늘은 이대로 휴식과 자유 시간이었으며, 기초 교육과 훈련은
내일부터 시작될 예정이다.

⋯⋯그렇다, '예정'이었다.

그리고 마르셀라 일행은 이 말을 잘 알았다. 그녀들의 절친한
벗인 아델에게 들었고, 또 모니카가 수시로 기록했던 '아델 어록'
속에 실린 이 말을.

『예정은 미정이지 결정이 아니다』

그렇다, '예정'은 어디까지나 '예정'일 뿐, 결정도 아니거니와 확
정은 더더욱 아니었다.

똑똑

                                                            151

또, 정식 '예정'에는 들어 있지 않은 일. 하지만 마르셀라 일행에게는 '계획대로'인, 노크 소리가 들렸다.

＊　　＊

"그럼 예정대로……."

간단한 회의 후, 제3왕녀 전하 모레나가 이야기를 마무리 지었다.

그리고 지금까지 느긋한 표정으로 마르셀라 일행과 이야기를 나누던 그녀는 표정을 진지하게 바꾸고 또랑또랑한 목소리로 모두에게 선언했다.

"그럼 제 전속인 여성 근위 제1분대 제3반, 별명 『특수대』에게 명령을 내리겠습니다. 제3왕녀, 모레나의 이름으로 명하노니, 소식이 끊긴 아스컴 자작가 현 당주 아델 폰 아스컴을 찾아내어 모국인 우리 브란델 왕국으로 데려오라. 자, 가세요, 제게 충성을 맹세한 나의 검. 특수대 코드네임 『원더 쓰리』!"

"""네엣!"""

모레나가 방을 나간 후 마르셀라 일행은 근위 제복을 벗은 다음 학원에 있을 때와 마찬가지로 침대 위에 가지런히 두었다. 이렇게 하면 나중에 시녀가 빨아서 장에 넣어준다.

그녀들은 학원에서 입고 온 사복으로 갈아입고 무기를 장비했다.

근위용 검은 방 한쪽 구석에 있는 검거치대에 세워두었다. 이렇게 무겁고 쓰기 힘든 검을 가져갈 리가 없다. 세 사람 모두 검을 제대로 쓸 줄도 몰랐고, 앞으로 제일 우선해야 할 것은 자신의 몸을 보호하는 것이었으므로 이런 것은 데드 웨이트(애물단지)에 지나지 않았다.

그녀들이 장비한 것은 모레나가 분대 예산으로 사준, 세 명 각자에게 맞는 스태프와 단검이 전부였다.

단검은 예비 무기로 그리고 숲을 나아갈 때 손도끼 대신, 요리할 때는 식칼 대신으로도 쓸 수 있는 편리한 도구여서 일단 허리에 찼다.

물론 신참 마술사는 불시의 공격이나 근접 전투에 약하다는 생각에 경솔하게 덤비는 자가 전혀 나오지 않을 거라는 보장도 없기에, '부적 대신'이라는 의미도 있었다.

언제든지 재빨리 뽑을 수 있는 단검을 차고 있으면 혹시 진심으로 반격하면 어쩌지 하는 생각이 들어 피라미 수준인 악당 중 몇 퍼센트는 시비를 걸려다가 말지도 모른다.

그리고 스태프는 물론 헌터 마술사의 기본 장비였다.

주문 영창에 의식을 집중하면서 대충 휘둘러 다가오는 적을 물리치기 위한 무기.

애초에 지팡이는 위험과는 거리가 먼 무기이므로 지팡이를 든 어린 소녀는 상대방을 방심하게 만들 수 있다. 이건 승리의 여신의 머리를 잡아 억지로 돌릴 만큼 전투에서 큰 효과를 발휘한다.

그렇게 준비를 마치고 배낭과 물통까지 챙긴 후 마르셀라가 선언했다.

"목표, 아델 폰 아스컴. 『원더 쓰리』, 출격!"

""하잇!""

헌터식 구호였다.

당연하다. 그녀들은 헌터였으니까.

……'근위병'은 표면상, 즉 명목에 해당할 뿐 실제로는 당분간 휴업이다.

불과 반나절. 몹시 짧은 경력이었다…….

* *

그리고 몇 시간 후.

세 사람은 벌써 왕도를 떠나, 별빛을 의지하며 길을 걷고 있었다. 이대로 밤새 계속 걷고 내일 조금 일찍 숙소를 잡을 계획이었다.

어제 푹 자둔 것도 다 이걸 위한 것이었다.

왕궁에 연줄이 생겼다고 몹시 기뻐한 마르셀라와 모니카의 가족이, 아무리 시간이 지나도 딸이 집에 얼굴을 내비치지 않는 걸 이상하게 생각하기 시작할 때까지는 상당한 시일이 걸릴 것이다. 근위의 신입 교육이 힘들다는 것은 민간에도 소문이 널리 퍼져 있었으니까.

그리고 올리아나의 가족은 딸이 일 년 넘게 돌아오지 않아도 조금도 이상하게 생각하지 않을 것이다.

길드에는 마르셀라 일행이 졸업 후 왕궁에서 근무하게 될 것이라고 알렸기에 원래라면 그 시점에서 헌터를 은퇴해야 한다. 그런데 마르셀라 일행이 헌터 신분을 그대로 남기고 등록이 무효가 되지 않을 정도는 종종 일할 계획이라고 말하자 길드 측이 몹시 기뻐했다. 그렇게 해서 헌터 자격을 유지할 수 있었다.

헌터 신분을 잃으면 곤란하기에 특히 신경 써서 계획을 다듬었다. 또, '원더 쓰리' 파티 멤버로 한 명을 더 추가 등록해 두었다.

갓 헌터 등록한 신입 F등급 헌터, 모렌이었다.

남자 옷을 입고 머리카락은 모자로 감추고 일부러 얼굴을 더럽게 만든 후 고개를 푹 숙여 얼굴을 제대로 보여주지 않았다. 그런 다음 등록하려고 서류에 이름을 쓸 때, 자기도 모르게 마지막 한 글자를 쓰는 것을 까먹었을 뿐이다. 그래서 아무런 문제도 없었다.

······들키지 않을 정도의 가슴인 건 다행일까, 불행일까······.

이렇게 해서 모레나는 '원더 쓰리'의 길드 예금 잔액을 확인하는 일이나 그 잔액이 너무 적을 때 왕도 지부에서 입금하는 게 가능해졌다.

또 길드 지부 수령인 '길드 편에 의한 연락'을 창구에서 받는 것도 가능했다. 아무리 그래도 '원더 쓰리'가 보내는 편지를 왕궁으로 받을 수는 없으니까.

신입 F등급 헌터 모렌의 정체를 길드 직원이 전혀 모를 거라고는 생각하기 힘들다.

애당초 그 '원더 쓰리'가 갑자기 남자를 받을 것 같지도 않았고, 심지어 그 신입을 두고 셋만 여행을 떠난 것도 너무나 부자연스러웠다. 게다가 '원더 쓰리'와 모레나 왕녀의 관계를 모르는 사람은 없는 데다가 아무리 봐도 진지하게 숨길 생각은 없어 보이는 가명.

하지만 '모렌'이라는 이름으로 등록된 이상, 왕궁에 그자의 정보를 줄 수는 없는 노릇이었다.

만약 그런 짓을 했다간 헌터 길드가 왕궁의 명령에 따라 길드원의 정보를 판 셈이 되고, 그것은 헌터 길드의 중립성과 독립성을 훼손하는, 길드의 근본이념을 스스로 내동댕이치는 행위가 되기 때문이다. 전 세계 헌터 길드 관계자들에게 있어서 그것은 절대 용납할 수 없는 큰 죄였다.

……그러니 아마도 길드가 스스로 정보를 유출할 일은 없을 것이다. 웬만한 이유가 없는 이상은.

한편 마르셀라 일행은 여행하는 동안 드는 생활비는 스스로 벌 계획이었다. 지부에서 돈을 찾으려면 본부에서 조회해야 하기에 상당한 수고와 시간이 든다는 문제가 있었다. (그 지부에서 새로 예금한 금액은 길드 본부로 송금 처리를 하지 않는 한, 그곳에서 언제든지 빼 쓸 수 있다.)

그리고 본부로 송금 처리를 의뢰하면 본부 길드원에게 현재 위치를 알려주는 셈이다.

길드는 비밀을 잘 지키는 편이라고 생각하지만, 만에 하나라도 국왕 폐하께서 길드에 '몹시 강력한 부탁'을 한다면 송금한 지부의 이름 정도는 어쩔 수 없이 말할지도 모르는 일이었거니와, 같은 파티 멤버인 '모렌'이 요청한다면 정보를 줄지도 모르는 이야기였다.

그렇다, 송금 처리를 의뢰한다는 것은 그 답이 와서 돈을 빼낼 수 있을 때까지 의뢰한 도시에 머물러야 함을 의미했으며, 국왕 폐하나 모레나 왕녀의 명을 받든 기사가 급히 왔을 경우 길드편보다 빨리 붙잡혀버릴 위험이 있는 것이다.

하지만 만일의 사태가 일어났을 때 금전적 지원을 받을 수 있다는 점은 큰 의미가 있다. 여행지에서 갑자기 크게 다치거나 언제 병에 걸릴지, 또 언제 적에게 잡힐지 아무도 모르는 법이니까…….

그리고 출발할 때 세 사람은 재학 중에 벌었던 돈을 정산했다.

수행 겸 등급 상승을 위해 받은 길드 일이었는데, 상급귀족이나 부자 자녀의 호위만 맡았기 때문에 상당한 액수로 불어난 파티 자산을 삼등분 했다.

마르셀라는 그것을 개인 명의의 헌터 길드 계좌에 넣었다. 모니카는 상업 길드에 계좌를 만들어 넣었다. 그리고 올리아나는 전액을 시골에 있는 가족에게 송금하고, 텅 빈 파티 계좌에는 모레나에게 받은 돈만 입금했다.

여행 중에는 모든 수입과 지출을 이 파티 계좌를 통해 이루어진다. 개인적으로 쓰려면 적당히, 세 명에게 동시에 같은 금액을 용돈으로 지급한다. 누가 돈이 필요할 때는 그때마다 전원에게 같은 금액을 나눈다.

마르셀라와 모니카의 근위병 급료는 매주 헌터 길드와 상업 길드의 개인 계좌에 입금. 올리아나는 시골집에 송금한다. 이렇게 하면 올리아나는 여행하면서도 가족을 부양할 수 있다.

만약 여행지에서 멤버가 쓰러져서 영영 돌아오지 못하게 되더라도 유족에게 조의금과 순직자 위로금이 나올 것이고, 올리아나의 장학금 변제 의무는 그 시점에서 소멸한다. 부고는 '왕녀 전하의 특명에 목숨을 바친 충의의 순직자'로 전해질 테니, 아무런 걱정도 없다.

명예와 돈을 남긴다면 가족도 받아들이리라.

밤은 아직 길다.

셋은 날이 밝아도 오후까지는 계속 걸을 예정이었다.

그런 다음 일찍 숙소를 잡는다.

1년 8개월을 기다려서 마침내 찾아온 날.

절친한 벗, 아델과 함께, 모험을 떠나는 거다.

이 격앙된 몸과 마음은 반나절을 걷는 것만으로는 원상태로 돌아올 것 같지 않았다.

"드디어 때가 되었네요…….."

"드디어 때가 되었어요…….."

"네, 드디어 때가 되었어요…….."

"여러분, 가요!"

""하앗!""

＊　　＊

"······저도 가고 싶었다고요! 네, 정말정말정말정말정말정말정말정말정말, 같이 가고 싶었는데요오오오!"

침대 안에서 시트를 깨물며 분통을 터트리는 한 소녀.

"여러분은 좋겠어요. 즐겁게 여행을 떠날 수 있어서······. 저는 곧 이번 계획을 전부 들키고, 아버님, 어머님, 오빠와 빈스, 대신과 근위들, 마르셀라 일행을 여성 근위 분대에 넣기 위해 협력해 준 사람들에게 비난받을 거라고요! 당분간 외출 금지에 용돈도 깎이고 공부 시간은 늘어나고! 셈이 맞지 않아요! 꽝이에요! 부당하다고요오오!!"

울부짖는 모레나.

하지만 모든 것을 알고도 마르셀라 일행의 제안을 받아들였으니 불평할 수 없다.

마르셀라와 아델, 둘 중 누군가를 새언니, 올케로 만들려는 야망 때문에 뻔히 알면서도 건넌 위험한 다리, 무릅쓴 위험인 것이다.

이제 성과를 기다리는 것만 남았다.

그렇게 믿으며, 제3 왕녀 모레나는 모든 것이 드러나기 전까지 평온한 반나절을 보냈다.

설마 마르셀라 일행이 그러한 배신행위를 도모할 줄은 꿈에도 모른 채······.

* *

"여기가 바로 아델 씨가 헌터 활약 거점으로 등록한 티루스 왕국 왕도! 그럼 바로 길드 지부로 가자고요."

""네…… 하앗!""

무심코 지금까지 해왔던 대로 대답하려다가 당황해서 말을 고치는 모니카와 올리아나.

그렇다, 헌터 사이에는 여러 가지로 헌터 특유의 정형구며 습관 등이 있는 것이다.

어느 정도 지능이 있는 적 앞에서는 누가 지휘하는지 모르게 하려고 파티 리더나 합동 파티의 지휘관에게도 다른 사람을 대하듯 똑같은 태도를 보인다거나, 귀족과 왕족 이외의 고용주에게는 경어를 쓰지 않는다거나…….

마일과 마르셀라는 어쩔 수 없다. 그건 누구에게나 똑같이 그런 말투이므로, 그런 부분은 '그 사람이 쓰는 말투의 개성'으로 여기고 넘겼다.

단, 레나는 좀 도가 지나쳤다. 그녀는 말투를 조금 신경 써야 했다.

딸랑

귀에 익숙한 헌터 길드 통일 규격의 도어벨이 울리자 모두의 시선이 일제히 입구로 향했다.

그리고 들어온 자를 평가한 다음 저마다 시선을 원래대로…… 돌리지 않았다.

"""""…………."""""

12~13살 무렵으로 보이는 아이가 세 명. 그것도 전부 소녀.

이 도시에는 여성만으로 이루어진 파티가 여럿 있다. 눈부신 활약을 펼치고 있는 어느 파티의 영향을 받아서. ……여성들을 자기 파티로 영입하려는 남자들에게는 안된 일이지만.

그래서 여성만으로 된 파티는 이 도시에서 그리 드물지 않았었다.

다만, 모두 미성년자에 전위는 없고 마술사로만 구성된 세 사람이라고 하면 그렇지도 않다.

애당초 이런 아이들만으로 벌써 그럭저럭 장비를 갖추고 있다는 점부터 문제였다.

그 말인즉슨 지금부터 헌터 등록을 하려는 게 아니라 이미 등록을 마치고 헌터로 활동하고 있다는 뜻이었다.

……그리고 못 보던 얼굴.

다른 도시에서 온 것이다. ……아이들끼리.

그게 무엇을 의미하는가 하면…….

"『원더 쓰리』, 수행 여행 중입니다."

"""""**역시이이이이이이이이!**"""""

속으로만 담아둬야 할 말이 그대로 목소리가 되어 튀어나오고만 헌터와 길드 직원들이었다.

하지만 그것도 어쩔 수 없는 일이리라…….

소녀들만으로 구성된 데다가 소수.

마술사 주체에 전위 없음.

이 도시의 헌터와 길드 직원들은 떠오르는 신입 파티가 있었다.

……너무 있었다.

하지만 그들은 이렇게 생각했다.

((((((저런 파티가 둘이고 셋이고 있다는 게 말이 돼?!))))))

게다가 이 '원더 쓰리'라는 파티는 '그들'보다 훨씬 심했다.

멤버가 고작 셋.

전위 없이 모두 마술사.

성인으로 보이는 자가 한 사람도 없다.

수완이 좋을 것 같은 자, 뻔뻔하고 속이 시커멓게 보이는 자도 없고, 그저 아무것도 모르는 생 신출내기에 미성년자 아이만 셋.

귀족 혹은 부잣집 자제인 듯한 소녀.

아무리 봐도 평범한 평민 같아서, 무술이나 마법을 쓰는 전투에서 도저히 오래 버틸 것 같지 않은, 동작이라든지 몸놀림 등이 완전한 아마추어인 소녀가 둘.

((((((죽어! 바로 죽는다고! 아니면 바로 속아 넘어가 위법 노예로 팔려나갈 거야!!))))))

다들 그렇게 생각하는 것도 무리가 아니었다.

아니, 지나치게 무방비해 보여서, 속이자던가 이용하자는 생각조차 들지 않았다.

((((((………….))))))

그리고 건물 안에 퍼져가는 애매한 분위기와 정적.

"그럼 의뢰 보드를 확인해요."

““네엣!””

마르셀라의 말에 씩씩하게 대답하고 함께 의뢰 보드 쪽으로 걸어가는 모니카와 올리아나.

이번에는 무심코 '하앗'이 아니라 '네'라고 대답해버리고 말았는데, 뭐 그리 중요한 문제는 아니다.

그렇게 한참을 의뢰 보드를 살펴본 마르셀라 일행.

그녀들은 아델과는 달리 바보가 아니었다. 그래서 '원더 쓰리'가 C등급 헌터로서는 드물게도 어리다는 사실, 인원수도 직업적인 불균형도 심각하다는 것, 그리고 자신들을 모르는 헌터나 길드 직원들이 기이한 눈으로 쳐다보거나 관여하려 들기 쉽다는 사실을 충분히 알고 있었다.

그래서 자신들이 들어온 후로 길드 내 분위기가 이상……하다고 할까, 정적이 흐르는 걸 어느 정도는 이해하고 있었는데…….

“'언제까지 계속되는 건가요, 이 정적…….'”

예상을 훨씬 넘어서는 반응에 과연 조금은 동요했다.

마르셀라를 비롯한 '원더 쓰리'는 밤중에 왕도를 출발해 그대로 곧장 이웃 나라인 티루스 왕국 왕도로 향했다.

예전에 만났을 때 기어코 아델에게 고향의 이름을 들었으므로, 헌터 일을 하거나 숙박을 잡지 않고 서둘러 왔다.

도중에 큰 도시에서 헌터 마술사처럼 보이는 옷과 간단한 부분 방어구를 사모아, 신입 헌터로 보이게끔 복장을 갖추었다. 그 정도 돈은 모레나에게서 받은 착수금으로 충분했다.

세 사람의 단검이 똑같은 게 조금 튀었지만, 나이프 대신이나 비상용으로 단검을 들고 다니는 건 이상한 일도 아니었고 친한 세 사람이 파티를 결성할 때 거금을 들여 똑같은 단검으로 맞추었다 하면 도리어 절로 훈훈한 미소가 나오는 이야기였다.

사실 그 단검에는 티루스 왕국 근위의 문장이 새겨져 있고, 왕족의 명을 받아 행방불명된 자국민을 수색하는 임무 중이라는 취지의 모레나(왕족) 직필 문서를 가지고 있었지만, 마르셀라 일행은 웬만한 일이 아닌 이상에는 그것을 남 앞에 꺼낼 생각이 없었다.

……그렇게 해버리면 일이 커질 것 같은 데다가 현재 위치를 모레나 왕녀에게 들켜버릴 가능성이 있기 때문이었다.

주력 무기는 물론 경비로 모레나가 사준 스태프였다.

그래서 지극히 평범한 신출내기 파티, 다만 조금 어리고 인원이 적고 직종 균형이 최악이라는 것뿐인데, 길드 안 분위기가 너무 이상했기 때문에 절대 뒤돌아보지 않고 의뢰 보드만 하염없이 쳐다보는 세 사람.

'어이, 받으면 안 되는 의뢰가 남아 있나?'

'아니요, 난도가 높은 건 이미 수주가 끝났습니다. 바위도마뱀 소재 채취도, 와이번 토벌 등『붉은 의뢰』도 없어요. C등급 파티가 수주할 수 있는 것 중에 특별히 위험도가 높은 것, 신용하기 불안한 의뢰 등은 남아 있지 않습니다.'

'됐다!'

길드 직원들 사이에, 은밀하게 그러한 대화가 오갔다.

"······없네요오······."

"네, 적당한 의뢰가 없어요."

"상시 의뢰로 할까요?"

마르셀라 일행은 물론 여기서 아델과 합류할 계획이었다. 그리고 당분간 함께 행동한 후, 같이 여행을 떠날 생각이었다.

······이곳은 모국과 너무 가까우므로.

하지만 수소문해서 아델을 찾아 돌아다니는 게 아니라 자연스럽게 만나기만을 기다리기로 했다.

이런 어중간한 시간에 길드에 와서 단번에 아델을 만날 확률은 낮다. 게다가 외지인이 도착하자마자 다른 파티가 어디 있냐 묻고 돌아다니는 것은 현지 헌터들의 의심을 초래하고 갈등의 씨앗이 되기만 할 뿐이었다.

길드 직원에게 물어본들, 비밀 보장 의무와 불문율 때문에 다른 헌터에 대해 술술 말해줄 거라는 생각은 들지 않았다. 쓸데없이 경계심만 키울 것이다.

그래서 아직 많이 경험해보지 않은 마물 토벌 의뢰를 받아 실전 훈련을 하면서, 아델과 우연히 만날 때까지 기다리기로 한 것이다.

어차피 며칠 이내로 만날 수 있을 테고, 지금까지 1년 8개월이나 기다렸으니 며칠 더 연장된다고 해서 어떻게 되는 것도 아니었다. 아직 해본 적 없는 오크 사냥 경험을 쌓아두는 것도 나쁘지 않으리라고 생각했던 것이다.

······토벌 경험이라고는 고블린과 코볼트, 뿔토끼를 각각 몇 차

례씩, 그것도 다른 파티와 합동으로 한 게 전부라는 건 C등급 파티로서 조금 많이 부끄러운 일이었다.

그렇게 생각하긴 했지만, 아직 경험해보지 않은 오크 토벌을 '원더 쓰리' 세 명으로만 하는 건 어쩐지 불안했다. 무엇보다도 파워가 특징인 오크를 상대하는데 전위 없이 가는 건 자살 행위나 다름없었다. ……'보통'은.

"……어라?"

눈이 큰 만큼 시력이 뛰어난 마르셀라가 조금 전부터 의뢰 보드 옆에 서 있는 십 대 후반의 청년 다섯 명에게서 시선이 머물렀다. ……정확하게는 그중 한 사람이 손에 들고 있는 한 장의 의뢰 카드에…….

"저기, 잠시 그것 좀 보여주실 수 있나요?"

"앗, 그, 그그그그, 그럼요!"

긴장해서 이를 딱딱거리며, 허둥지둥 의뢰 카드를 마르셀라 일행에게 건네는 16~17세 무렵의 청년.

자신보다 서너 살 아래로 보이는 소녀에게 보이기엔 조금 한심한 태도였지만, 길드 안의 주목을 한 몸에 받는 상대라는 것, 누가 봐도 귀족 같은 '고귀한 기운'을 마구 풍기고 있다는 것, 그리고 자신의 소꿉친구들에게는 찾아볼 수 없었던 우아하고 부드러운 태도의 미소녀가 미소를 지으며 그런 부탁을 하니, 아무런 조건 없이 내미는 것 말고 다른 선택지 따위가 있을 리 없었다.

"……역시 오크 소재 입수 의뢰네요. 아까 얼핏 『오크』라는 글자가 보인 것 같았거든요. 어때요, 여러분? 신출내기여서 아직 오크 토벌 경험이 없는 저희와 합동 수주를 해주실 수 없는지? 물론 저희는 공부하는 거니까 보수는 필요 없어요. 그래요, 저희가 가져갈 수 있는 만큼의 소재를 받으면 그걸로 충분해요."

원래 마르셀라 일행만으로는 설령 오크를 쓰러트린다고 한들 가지고 돌아올 수 있는 소재(식용 고기) 등 극히 일부분에 불과하다. 그리고 그것은 그들 역시 마찬가지이리라. 다섯 명이나 그 비슷한 인원이 숲에서 이곳까지 오크 한 마리를 통째로 옮겨오기란 불가능하다.

그렇다는 것은 실질적으로 그들에게는 금전적 손실이 없을 거란 얘기였다.

한편 마술사 세 명을 공짜로 고용한다는 것은 전투력 측면에도, 다쳤을 때 치료 요원으로도 물통 대신으로도, 아궁이 불 피우기 요원으로도, 어쨌든 여러모로 편하고 도움이 된다는 이야기였다. 어떤 파티든 할 수만 있다면 마술사를 한 명이라도 영입하기를 바랄 것이다.

그리고…… 그리고 다들 미소녀!

"""""""기꺼이!!"""""""

그것 말고 다른 대답은 있을 턱이 없었다.

"""""잘도…….""""

다른 젊은 헌터들의 질투의 시선.

"""""너희가 죽더라도 그 아이들한테 상처 하나 나게 해서는 안 된다!!"""""

나이 있는 헌터와 길드 직원들의 찌를 듯한 시선.

뭐, 무리도 아니겠지…….

그러한 시선을 받으면서, 테이블 석에 앉아 가볍게 얼굴을 익히는 '원더 쓰리'와 소년 파티 '진명의 물방울'.

"우리는 C등급 파티, 『진명의 물방울』이야. 하지만 아직 C등급이 된지 얼마 안 됐어. 중전사(탱커), 경전사, 검사, 창사, 궁사 겸 경전사라는 구성이어서 마술사가 필요하던 참이야…….”

그렇게 말하며 탐난다는 표정으로 '원더 쓰리' 멤버들을 보는 파티 리더. 그는 수행 여행 도중인 '원더 쓰리'가 이 도시에 머물지는 않으리라 생각하고 반쯤 포기한 상태였다.

하지만 이곳은 지방 도시가 아니라 티루스 왕국 왕도다. 그녀들이 본거지를 이곳으로 옮길 가능성도 전혀 없지는 않았다.

그리고 고작 마술사 셋이서 계속 파티를 꾸려가기는 어렵다. 다른 파티와 합체하거나, 세 명이 뿔뿔이 흩어져 각자 마음에 드는 파티에 들어가야 할 것이다. 마술사를 원하는 파티는 많으니까.

……그리고 그것이 '진명의 물방울'이면 안 될 이유는 없다. 조금도.

"『원더 쓰리』, 마찬가지로 이제 막 C등급이 되었어요. 마법 실력으로 등록과 동시에 D등급이 되었는데, 또래 귀족 여성의 밀착 경호를 전문으로 해서 포인트를 벌어왔기에, 마물 상대 전투는 다른 파티와 합동으로 코볼트랑 고블린, 뿔토끼를 몇 번 상대한 게 전부예요…….”

"""""아~……."""""

마르셀라의 설명에 그렇구나, 하고 고개를 끄덕이는 '진명의 물방울'.

슬며시 귀를 기울이고 있던 다른 헌터와 길드 직원들도 이해했다는 투로 고개를 끄덕이다가…….

"""""""그 실력으로 수행 여행을 하면 죽는다고오오오오!!"""""""

한 박자 늦게, 길드 안에 노성이 울려 퍼졌다.

* *

"진짜, 도대체 무슨 생각으로……. 애당초 소속 지부 길드 마스터는 왜 아무 말도 없이 여행을 허락한 거야! 설마 말도 없이 떠난 건 아니겠지?!"

그 후 길드 직원의 부름으로 허둥지둥 달려온 길드 마스터는 사정을 듣더니 '원더 쓰리'를 길드 마스터 방으로 불러 혼내기 시작했다.

"아니 그리고 어째서 코볼트랑 고블린이랑 뿔토끼를 합동으로 몇 번 토벌한 것 가지고 C등급이 될 수 있는 거야! 도대체, 나이만 봐도 이상하잖아! 어?!"

그렇게 말해도 현실이 그런 걸 어쩌겠는가.

실제로 '원더 쓰리'는 연령 제한을 아슬아슬하게 통과하자마자 '살짝 협박이 들어간 듯한 기분이 드는 길드 마스터와의 대화'를 거쳐 C등급이 되었다.

그야 양성 학교를 나온 것도 아니고 C등급 스킵 요건을 충족한 것도 아닌데, 스킵 제도로 D등급이 되자마자 C등급에 오르는 사람은 드물겠지만.

　……물론, 이 길드 지부에는 마일이라는 전례가 있지만, 그건 이 나라에 양성 학교가 있기에 가능했던 특수한 사례다.

　하지만 올리아나가 이런 사태를 예상하지 못했을 리가 없었다.

　"……이것을."

　올리아나가 배낭 속 주머니에서 무언가를 꺼내 내밀었다.

　"이, 이건……."

　그건 브란델 왕국 왕도 지부의 길드 마스터가 직접 발행한 '원더 쓰리'의 C등급 증명서였다. 길드 마스터의 서명과 길드 지부 도장까지 찍힌 '진짜'였다. ……만약 이게 위조한 서류라면 어마어마한 중죄가 되리라.

　서류에는 C등급 증명 이외에도, C등급이 된 이유—— 귀족이나 부유층의 의뢰를 대량으로 해결하여 길드에 큰 공헌을 했다는 것, 특히 '신분이 높은 소녀의 밀착 호위'는 무척 우수했다는 내용이 담겨 있었다. 즉, 이곳의 길드 마스터가 불평할 여지를 주지 않기에는 충분한 서류였다.

　참고로 '원더 쓰리'는 나라를 떠날 때 딱히 길드 마스터에게 보고하거나 허락을 구하지 않았다. 이건 여성 근위 제1분대 특수반 대원으로서, 제3왕녀 전하의 명령을 받고 하는 특별 임무지 길드의 의뢰 같은 게 아니기 때문이다. 당연히 한낱 길드 마스터 따위에게 보고할 의무도, 허락을 구할 필요도 없었다. 이 증명서도 '임무 중, 원더 쓰리를 모르는 헌터가 간섭하려들 때를 대비한 방어책'으로 받아왔을 뿐이다.

……뭐, 어차피 왕궁에서도 이미 '원더 쓰리'가 나라를 벗어났다는 것쯤은 다 알아챘을 거다.

물론 그런 이야기까지 길드 마스터에게 할 필요 없다.

"……그렇군, 그렇게 된 건가……. 그래서 어엿한 C등급 파티로서 수행 여행을……, 아니, 죽는다고! 죽어버린다니까아아아아아!"

그렇다, 그 증명서에는 '원더 쓰리는 어린이 호위에 특화된 C등급 파티로, 대인전은 외모로 상대의 방심을 노려 공격하는 수법을 사용했으며, 마물은 코볼트나 고블린, 뿔토끼 말고는 전투 경험이 없음'이라고 적혀 있었다. 중요한 내용이니 반복해서. 사실상 '원더 쓰리'가 전투 능력이 거의 없다고 써놓은 셈이었다.

"너희 파티는 당분간 채취와 잡무, 또는 코볼트나 고블린, 뿔토끼 토벌 의뢰 이외는 수주를 금지하겠다!"

""허어어어억!!""

갑자기 엄청난 말을 해버린 길드 마스터.

그렇게 되면 돈벌이는 둘째 치고, 기량과 경험을 쌓을 수가 없다.

"횡포예요! 길드 마스터에게 그런 권한은……."

"……있단다. 어리석은 헌터가 자기 분수도 모르고 무모한 의뢰를 받으려 할 때, 그 수주를 거부할 권한이 말이야. 너희의 토벌 실적으로는 설령 불복 신청을 해봐야 이곳 지부 길드 직원회의가 됐든 길드 마스터 사문(査問)위원회가 됐든, 내 주장이 통할 게 틀림없지."

""""윽…….""""

토벌 실적.

그것이 '원더 쓰리'의 최대 약점이었고, 그렇기에 어떻게든 빨리 실적을 쌓으려고 했던 건데, 여기서부터 막히면 손쓸 도리가 없다.

"너무 나쁘게 생각하지 마라. 이건 경험 없는 어린 헌터가 허무하게 죽는 것을 막기 위한 안전 조치야. 헌터들을 지키라고 있는 권한이라고. ……다 너희를 생각해서 그러는 거니까 그렇게 노려보지 마……."

크르르릉, 하는 얼굴로 길드 마스터를 째려보는 마르셀라였지만, 그저 귀엽기만 할 뿐 아무런 박력도 없었다.

마르셀라와 모니카가 어떻게든 반격할 방법이 없는지 필사적으로 머리를 굴리고 있을 때, 올리아나는 아무것도 생각하지 않았다. ……아니, 이미 생각을 끝마쳤다.

"그럼 어쩔 수 없네요……. 그 의뢰는 단념하죠."

""엥?""

올리아나가 딱 잘라 그렇게 말하자, 깜짝 놀라는 마르셀라와 모니카.

그리고 '겨우 한 명이 뜻을 접은 건가. 나머지 둘도 조금만 더……' 하고 생각하는 길드 마스터.

하지만 올리아나는 연약하고 어른스럽고 사려 깊은 것처럼 보여도 사실은 논쟁에 들어가면 상당히 신랄했고 치명적인 말도 아무렇지 않게 뱉을 수 있었다. ……아주 즐겁다는 얼굴로 말이다.

"방도가 없으니 평범한 고블린 토벌이나 소재 채취나 나가죠. 이거라면 미리 의뢰를 받을 필요 없이 사후 보고나 소재 판매만

하면 그만이니까요. 고블린을 찾다가 오크나 오거랑 마주쳐서 방어전을 펼치다 잡아버릴지도 모르지만, 그건 결과니까요. 『통상 의뢰』와는 상관없죠. 뭐, 만에 하나 오크나 오거랑 싸우다가 크게 다쳐서 저희의 헌터 등록 길드에서 『어쩌다가 이렇게……』 하는 질문을 받으면 『저희는 전위 주체인 파티랑 합동으로 의뢰를 받으려고 했는데요, 여기 길드 마스터가 금지하는 바람에 어쩔 수 없이 저희끼리……』 하고 설명하면…….”

“안 돼애애애애애!”

미성년자 소녀들을 향해 새빨개진 얼굴로 있는 힘껏 화내 버리고 만 길드 마스터였다…….

* *

“간단히 끝났네요.”

“그, 그러네요…….”

“아하하…….”

생긋 웃는 올리아나를 보며, 약간 경련이 난 듯한 미소로 답하는 마르셀라와 모니카.

‘오, 올리아나 씨는 이런 분이셨죠…….’

‘……알고 있었어.’

평소에는 온화한 올리아나지만, 욱하면 온화한 표정 그대로 필살 화염탄을 토해낸다. ……그리고 상대는 죽는다. 사회적이든, 정신적이든, 여러 가지 의미로…….

"아, 어, 어떻게 됐어?"

길드 마스터의 방이 있는 2층에서 내려온 마르셀라 일행에게 걱정스러운 표정으로 '진명의 물방울' 멤버들이 달려왔다. 다른 헌터들도 결과가 궁금한지 귀를 쫑긋 기울였다.

"잘 해결됐어요. 실전 경험이 적기도 하고, 전위 없이는 토벌하기도 힘들다는 것을 알고 여러분께 합동 수주를 부탁드린 거였으니까요. 누구나 처음에는 다 아마추어인데, 초보라고 해서 기회를 주지 않으면 언제까지고 초보로 남아 있지 않을까요? 하고 설명했더니 허가를 내주시더군요."

많이 각색하긴 했지만, 길드 마스터의 체면은 지켰으니 불평할 순 없으리라.

그 말을 듣자 '진명의 물방울'과 다른 헌터들은 고개를 끄덕였다.

그 길드 마스터가 소녀들의 말을 받아들였을 리도, 이 지부에서 죽게 놔둘 리도 없다는 걸 아는 고참 헌터와 길드 직원들을 제외하고 말이다.

아니, 길드 마스터는 절대 나쁜 인물이 아니다. 그저 어린 헌터들의 죽음에 엮이고 싶지 않은 것뿐이다. 뭐 그 정도는 이해할 수 있다.

"어쨌든 그렇게 되었으니까 아무 문제 없어요. 아까 의논한 대로 부탁드릴 수 있을까요?"

""""""물론!""""""

그리하여 오크 토벌…… 토벌 보수보다 고기를 노린 합동 수주
가 결정되었다.

＊　　＊

"아, 망했다!"

물을 마시려다가 물통을 떨어트려 다 쏟은 '진명의 물방울'의
경전사 청년.

"아, 잠깐만 빌려주세요. 『퓨어 워터!』, 자, 여기요."

눈 깜박할 사이에 시원하고 맛있는 물을 물통에 가득 채운 모
니카.

"아얏! 젠장, 발목 삐었어……."

"잠시 보여주시겠어요? 『연부 조직 복구, 힐!』. 이걸로 괜찮겠
지만, 혹시라도 위화감이 들면 말씀해주세요. 한 번 더 힐을 걸어
드릴 테니. 통증만 없애버리면 무리하다가 더 나빠질 수 있어서
통각 마비는 걸지 않았거든요……."

"아, 아아, 고마워……."

"뭘요, 같은 합동 수주 파티 동료끼리."

고마워하는 궁사 청년에게 그렇게 말하며 생긋 웃는 마르셀라.

"아, 잠깐만요! 움직이지 마세요!"

"엥?"

올리아나의 말에 모두가 그 자리에 정지했다.

올리아나는 가장 앞서 있던 검사 앞으로 나가 쭈그려 앉아서 식물 한 뿌리를 조심히 캐냈다.

"상당히 희귀한 약초예요. 잡초랑 비슷해서 찾으려고 해도 쉽게 찾을 수 없는 풀이죠……. 이거 한 뿌리면 뒤풀이 값 정도는 댈 수 있을 거예요."

"""""허어어어어억!""""""

'원더 쓰리'는 술을 못 먹기 때문에 술값이 빠지긴 하지만, 그래도 신입 C등급 파티에는 큰돈이었다.

올리아나가 말하지 않았다면 청년 검사도 그냥 밟고 지나쳤을 거다.

"슬슬 점심을 먹을까요."

'원더 쓰리'의 리더인 마르셀라의 제안에 '진명의 물방울' 리더인 중전사 청년이 고개를 끄덕였다. 이런 간단한 제안은 멤버들에게 일일이 물어볼 필요 없이 리더끼리 합의하면 된다. ……굳이 반대할 사람도 없으니까.

"그럼……."

"흙마법, 아궁이 형성!"

"수분 제거!"

"이그니션(점화)!"

모니카가 아궁이를 만드는 동안 올리아나가 나뭇가지를 모아 수분을 제거하고, 아궁이에 넣자 마르셀라가 불을 붙였다.

모니카는 아궁이가 완성되자 배낭에서 뭔가를 꺼냈다.

"""""종이?"""""

모니카가 꺼낸 건 접혀있는 종이였다.

종이를 펼치자 그릇 같은 모양이 되었는데, 모니카는 이를 철망에 놓고 물을 살짝 부어 아궁이 위에 올려놓았다.

"부, 불에 탈 텐데!"

하지만 중전사의 외침이 무색하게, 종이 그릇은 불에 닿아도 전혀 타지 않았다.

모니카는 종이에 다시 물을 붓고 수프 분말과 말린 채소, 말린 고기 등을 넣기 시작했다.

"……왜 안 타는 거지?! 마법인가? 보호 마법 같은 걸 걸었나?!"

"그런 마법이 어디 있냐! 애초에 그건 요리할 동안 계속 마법을 쓴다는 이야기가 된다고."

"""""그건 말이 안 되지!"""""

그렇다, 그건 절대 말이 안 되는 일이었다.

"마법이요? 그냥 물에 잘 안 젖을 뿐이지 평범한 종이인데요……. 이렇게 하면 불에 타지 않아요. 친구 고향에서 쓰는 방법이라는데, 배웠어요. 무겁고 부피도 큰 냄비를 들고 다니지 않아도 되니까, 아주 요긴해요."

간단하다는 듯 대답하는 모니카.

사실은 아델이 전생에서 가족들과 일식 요리점을 갔을 때 본 방식이었는데, 모니카는 물론 아델에게 그것을 배웠다.

"""마술사랑 여자아이, 굉장하다아아아아아~~!!"""

속으로 그렇게 외치는 '진명의 물방울'이었는데, 물론 모든 마술사, 모든 여자아이가 다 그렇게 굉장하고 편한 것은 아니다.

그리고 재개된 오크 찾기.

얼마간 시간이 지나자…….

"오크 발견, 수, 셋! 오른쪽 대각선 앞, 80m……."

마르셀라가 모두에게 작은 목소리로 보고했다.

"""""어떻게 아는 거야!"""""

"아……."

아델에게 배운 비전은 셋 만의 비밀이었다.

막 헌터가 되었을 무렵, 훈련을 위해 몇 차례 한 합동 수주 이외에 지금까지 늘 숲에서는 셋만 있었기 때문에 잊고 있었다.

'아델 씨한테 뭐라고 못 하겠네요……. 아니, 저는 아델 씨와는 달라요, 아델 씨와는! 제대로, 자연스럽게 설명을…….'

그리고 마르셀라가 살짝 중얼거렸다.

"……가문의 비전이에요."

경력이 많은 C등급 파티라면 오크 세 마리쯤은 그리 대단한 상대도 아니지만, 이제 막 C등급이 된 파티라면 이야기가 조금 다르다.

오크를 한 방에 쓰러트릴 만한 능력이 있다면 상관없겠지만, 애초에 그만한 실력이 있다면 진작에 C등급을 달았을 거다.

다시 말해 이제 막 C등급을 단 파티는 그런 공격 수단이 없다는 이야기이기도 했다.

그렇다고 해서 오크와 바짝 붙어서 녀석이 쓰러질 때까지 공격한다는 건 위험한 짓이다. 오크가 휘두르는 팔에 맞으면 기본이 중상이요, 자칫 그 자리에서 저세상 사람이 될 수도 있다.

"물러나자. 한두 마리라면 몰라도, 세 마리는 우리가 먼저 당할 거야. 운 좋으면 중상이고 재수 없으면 전멸하겠지. 여기서 서툰 짓 했다가 여자애들이 다치기라도 하면 살아남아도 훗날이 힘들어져. ……뭐, '책임을 지는 것'은 나쁘지 않을지도 모른다만……."

여자애 앞에서 폼 잡는다고 무모한 짓을 저지르는 사람은 아닌지, 정상적인 판단을 내놓은 '진명의 물방울' 리더. 아무래도 견실하고 성실한 인물인 모양이었다. ……말끝에 약간 흑심이 들어가긴 했지만, 그 정도는 넘어가도 괜찮겠지.

하지만…….

"아니, 괜찮아요. 여러분끼리 두 마리를 상대하실 수 있다면 충분합니다. 저희, 근접 전투는 못 해도 공격마법은 좀 자신 있거든요."

평소라면 두 마리가 한계겠지만, 이번에는 마술사가 세 명이나 있다. 다소 위력이 약해도 세 명이 공격마법을 쏜다면 오크의 힘을 크게 깎을 수 있을 거다.

딱히 공격마법으로 죽이지 못해도 상관없다. 오크의 눈을 가리거나 발을 묶거나 상처를 내서 기력만 깎아도 충분하다. 힘이 10인 오크 두 마리를 상대하는 것보다 힘이 7인 오크 세 마리 쪽이 쓰러트리기 편할 테니까. 아무리 못해도 C등급 마술사가 셋이나 되는데, 그 정도는 할 수 있겠지.

"……알았어, 해보자!"

잠시 고민한 후, 싸우기로 결의한 '진명의 물방울' 리더.

그 말을 듣고 마르셀라 일행이 생긋 웃었다.

조심조심 세 마리 오크 쪽으로 접근하는 마르셀라 일행과 합동 파티 멤버. 그리고…….

"선제공격은 저희에게 양보해 주시면 안 될까요? 여러분의 공격을 뒤에서 지켜보기만 하는 것으로는 별로 경험이 쌓일 것 같지 않아서……."

마르셀라가 스태프를 쥔 채 손을 가볍게 모으며 '진명의 물방울'에게 부탁했다.

'진명의 물방울'은 별 고민 없이 이를 승낙했다.

아니, 오히려 마술사가 원거리 선제공격을 하지 않으면 어쩌겠다는 말인가.

원래 원거리 공격 수단으로 먼저 혼란이나 피해를 주고 나서 전위가 돌격하며 후위를 지키는 게 정석이다. 그 틈에 마법사는 두 번째 공격마법이나 혹은 지원 마법 영창, 활잡이는 두 번째 화살을 쏘거나 마술사의 호위 또는 전위로 나서는 등 상황에 맞춰 움직인다.

지금까지는 파티에 마술사가 없었기 때문에 전술의 폭이 좁았다. '진명의 물방울' 멤버들도 마술사가 가세한 싸움이란 것을 경험할 절호의 기회여서 흥분해 있었다.

"물론 OK지. 절대 후방으로 보내지 않을 테니 마음 놓고 마법에만 전념해줘. 우리는 첫 공격 후에 돌격한다. 익토르는 상황에 맞춰서 움직여줘."

리더가 흔쾌히 승낙했고, 평소와 똑같은 지시를 받은 궁사 청년이 고개를 끄덕였다.

그리고 몇 분 후…….

"눈으로 확인! 오크 셋, 성체!"

선두를 맡은 경전사가 몸짓과 함께 작지만 날카로운 어조로 보고했다.

아무래도 바람이 이쪽으로 불어오고 있어서 그런지 아직 상대는 눈치채지 못한 듯했다.

재빨리 공격 대형으로 선 '진명의 물방울'.

그리고 대형을 유지하며 조금 더 접근하자…….

"더 다가가면 녀석이 알아챌 수도 있어. 여기서 공격 가능해?"

'진명의 물방울' 리더가 작은 목소리로 묻자, 묵묵히 고개를 끄덕이는 '원더 쓰리'.

그리고 이번에는 셋이서 마주 보고 고개를 끄덕인 후…….

"소일 스피어!"

"아이스 네일!"

"워터 커터!"

"""""""""헉?"""""""

예비 동작도, 주문 영창도 없이 고개를 한번 끄덕이더니 주문 생략 마법 셋이 동시에 날아갔다.

모니카는 흙의 창 마법을 사용했다.

주변이 흙이라면 록 스피어(바위 창)을 쓰기보다 소일 스피어(흙창)을 쓰는 편이 더 효율이 높았다. 바위도 없는데 록 스피어를 쓰려 했다간 흙을 바위로 만들거나, 다른 곳에서 바위를 가져와야 하므로 그만큼 강력한 '무의식 사념파'가 필요하기에 더 어려워진다. 오히려 구체적인 지시, 예를 들어 '무에서 바위 창을 만들어 내' 같은 명령을 내리면 한층 더 어려워지리라.

그래서 주변에 있는 걸 이용하면서, 잘 모르는 건 구체적으로 생각하지 말고, '흙으로 만들어진 견고한 창!'이라고 간단하게 생각하면 나노머신이 가장 적절한 방법으로 어떻게든 해주는 것이다.

한편, 아이스 네일을 쓴 올리아나는 마법을 쏘기 전에 허리에 찬 물통 뚜껑을 미리 열어두었다.

얼음 마법을 쓸 때 주변에 아무것도 없다면 물부터 만들어야 하기에 효율이 낮다. 따라서 물통의 물을 쓰라는 의사를 담아 마법을 쓰면 수고를 덜 수 있는 것이다. 물이 있으면 얼음 만들기는 어렵지 않다. 아이스 네일 몇 발 정도는 물통의 물로도 충분한 수준이었다.

이는 두 사람보다 마력이 약한 올리아나가 마력을 절약하기 위해 고안한 아이디어로, 지혜를 쥐어 짜낸 끝에 빚어낸 기술이었다.

마르셀라가 쓴 워터 커터는 폴린이 수인에게 붙잡힌 자들의 족쇄를 자를 때 쓴 것과 거의 같았다. 둘 다 배운 사람(마일)이 같으니 당연한 이야기지만.

고압의 물줄기에 금강사—— 석류석 결정을 섞어서 절삭력을 강화한 절단 마법.

공격마법 셋이 곧장 오크들을 향해 날아갔고.

퍼억!

푹푹푹푹푹!

찰싹!

『꾸웨에에에엑~~!!』

""""""헉…….""""""

하나는 흙창에 심장을 꿰뚫려 비명을 지르고 쓰러졌고, 다른 하나는 목이 잘려 찍소리도 못하고 바닥에 쓰러졌다. 머리가 없으니 비명을 지를 수도 없었다.

참고로 마지막 한 마리는 두 눈에 얼음 못이 박혀 눈이 터지는 수준으로 끝났는데, 그 탓에 요란한 비명을 지르며 제자리에서 날뛰고 있었다. 오크가 사람보다 후각이 좋다고는 하지만 저 고통과 혼란 속에서 제정신을 차릴 수 있을 리 없었다.

"""""" ………….""""""

"마무리를!"

저도 모르게 멍하니 보고만 있던 '진명의 물방울'을 향해 올리아나가 소리치자 그들이 뒤늦게 눈을 잃고 날뛰는 오크를 향해 달려가기 시작했다.

……적어도 마지막은 완벽하게 하지 않으면 체면이 서질 않는다고 생각했는지, 눈을 잃은 오크를 죽이는 간단한 일인데도 표정이 다들 몹시 진지했다. 이렇게까지 했는데 다치기라도 했다간 고개조차 들 수 없으리라. 결국 단검을 뽑아 든 익토르까지 총 다섯 명이 쓰러진 오크를 향해 덤벼들었다.

……과도한 전력이었다.

*　　*

돌아오는 길.

'진명의 물방울'은 말이 없었다. 올 때 그렇게 수다 떨었던 것이 마치 거짓말이기라도 하듯……

"……저기, 너희 말이야, 마물 토벌 경험이 거의 없다고 했던 거 같은데……."

"정말인데요? 합동 수주로 고블린 토벌이 두 번, 코볼트가 한 번, 뿔토끼가 세 번이었나……."

"뿔토끼는 두 번이에요."

마르셀라의 설명을 올리아나가 수정했다.

"""""………….""""""

"하지만 아까 그 마법은……."

파티에 마술사가 없다고는 해도 '진명의 물방울'은 마법과 마술사를 전혀 모르는 건 아니었다. 호위 임무를 하다 보면 마술사가 섞인 도적과 마주칠 때도 있으니까, 마술사의 능력에 대비해 공부와 대비 훈련을 해왔다. 즉, 그들이 보기에 세 사람이 쓴 마법은 속도로 보나 정확도로 보나 위력으로 보나, 명백히 이상한 수준이었다.

'진명의 물방울'의 멤버들은 아마 마지막 한 마리를 살려 놓은 것도 '한 마리는 자신들이 쓰러트렸다'라고 말할 수 있도록 한 배려라고 생각하고 있었다.

사실은 마력이 약한 올리아나가 늘 습관적으로 '위력이 아니라 기술로 쓰러트린다'라는 전략을 쓴 것일 뿐이었지만…….

"실전 경험이 없다고 꼭 약하다는 법은 없지요. 저희는 탁상 연습과 과녁훈련을 거듭하며 마물의 특성과 약점을 철저히 연구해왔어요. 그래요, 그 아이를 찾기 위한 여행에 나서기로 맹세한 그 날부터, 줄곧…….."

미소 속에 강고한 의지를 담은 눈동자.

'진명의 물방울'의 다섯 멤버는 이 소녀들을 아무리 권유한들 여행을 그만두고 이곳에 눌러앉을 가능성이 전혀 없다는 사실을 깨달았다.

그리고 오늘 보여준 게 전부가 아니라는 것도.

오늘 마주친 게 오크가 아니라 오거였다고 해도, 아마 결과는 다르지 않았으리라.

만약 상대가 인간이었다고 해도 아마…….

"저, 저기, 너희, 아…… 아니, 아무것도 아니야…….'

상식을 벗어난 어떤 파티에 대해 아느냐고 물으려다가 말았다.

그 파티는 이 나라 헌터 양성 학교 출신이고 이 나라의 귀족과 상인의 딸이 포함되어 있다는 소문이 있으며 나이도 제각각이다. 다른 나라에서 온, 수행 여행 중인 신인들과 접점이 있을 리 없다.

'……그나저나 무서운 시대가 왔군…….'

'진명의 물방울'의 다리가 무거운 것은 세 마리 오크 중 가장 값이 비싸게 붙는 부위를 최대한으로 짊어진 탓으로 보였다.

아니, 적어도 본인들은 그렇게 믿었다.

그리고 '원더 쓰리' 세 사람은…….

"무, 무겁네요……."

"마르셀라 님, 욕심을 부려서 그렇게 많이 짊어졌으니까 그렇죠! 제가 말씀드렸잖아요, 조금만 줄이시라고……."

"하, 하지만 저희는 행세깨나 하는 모니카 씨네 집안과는 달리 꽤 가난했단 말이에요! 모니카 씨도 그건 잘 아시잖아요? 거지 근성이란 좀처럼 벗어나기 힘든 법이라고요!"

그리고 귀족 딸에게 '가난' 따위의 말을 들으니 설 자리가 없는, 진정한 가난, 대대로 유서 깊게 가난한, 가난계 순혈 올리아나였다…….

*　　*

"뭐라고! 오크 세 마리를 순식간에 해치웠다고……. 그게 정말이냐!"

"굳이 길드 마스터에게 이런 거짓말을 해서 뭘 어쩌겠습니까."

"…………그렇지, 미안하다."

의뢰 완료 수속을 끝내고 '원더 쓰리'와 헤어진 후, 길드 마스터에게 보고하러 온 '진명의 물방울' 멤버들.

모처럼 생각해서 보고하러 와준 사람들에게 다소 실례를 범한 말이었다. 길드 마스터는 순순히 사과했다.

……물론 '진명의 물방울'도 의뢰 완료 후에 '원더 쓰리'에게 저녁 식사를 권유했으나, '이 정도 벌로 뒤풀이 파티를 했다간 평생 돈을 모을 수 없다고요!' 하면서 거절당했다.

"그나저나 B등급에 필적하는 실력이라고? 그것도 세 명 모두? 아직 C등급이 된 지도 얼마 안 되었다고 했는데! 게다가 실전 경험이 거의 없다고…….

"이상할 만큼 빠르고 정확한 데다 영창 생략까지 하는 뛰어난 마법 실력과 말하지 않아도 딱딱 들어맞는 콤비네이션. 망설임이나 동요는 조금도 보이지 않는 냉철한 판단력까지, 아마 오크가 아니라 오거였어도 같은 결과였을 겁니다. 스킵 신청으로 헌터에 등록할 때 시험관이었던 자가 실전 경험이 없는 미성년 소녀를 대뜸 C등급으로 올리기 그래서 D등급을 낸 게 아닐까요? 그리고 그녀들이 말한 대로 귀족 자재 등의 호위 의뢰를 집중적으로 받아 2~3년 정도 공적 포인트를 쌓으면서 최소 연령을 넘긴 거죠. 그래서 마물과 싸운 경험도 얼마 없이 C등급에 올라버렸다…….
뭐, 잘 생각해보면 드래곤(용종)은 실전 경험이 있든 없든 상관없이 처음부터 강하지 않습니까……."

"…………."

즉, 헌터 등록을 한 시점에서, 그러니까 처음부터 강했다는 이야기다. B등급에 필적할 정도로…….

'실전 경험이 거의 없다'는 게 아무런 상관이 없을 만큼.

경험 없이도 강했다.

그러니까 오크나 오거 정도는 쉽게 이길 수 있다고 생각하지만, 처음이고 하니 혹시 몰라 다른 파티와 합동 수주를 하려고 했을 뿐이란 거다. 혹시 모르니까…….

"하하. 아하하……. 정말로 쓸데없는 오지랖이었던 건가……. 그만한 실력이 있다면 내 말을 듣고 있어 봐야 짜증만 났겠군."

모든 것을 이해하고 어깨를 축 떨구는 길드 마스터.

"그런 걸 내가 어떻게 아냐고! 왜 그런 괴물 소녀 파티가 하나도 아니고 둘이냐 있냔 말이야아아아아아!"

＊　　＊

그로부터 일주일.

'원더 쓰리'는 매일 당일치기로 오크와 오거를 토벌하고 있었다.

그리고…….

"……대체 왜 아델 씨랑 못 만나는 거죠……."

"그러게요. 일부러 의뢰 수주나 완료 보고, 소재 매각을 혼잡할 때도 해보고 한가할 때도 해봤는데, 기별이 없네요…….”

“여인숙도 아델짱이 고를 법한 곳을 전전했는데요…….”

“혹시 장기 의뢰를 받아 이 도시를 떠나 있는 걸까요…….”

금방 만날 줄 알았는데, 아델과 좀처럼 만나질 못하자, 자연스러운 만남을 기다리던 마르셀라 일행도 과연 조금 조바심이 났다. 만나기만을 두근두근 설레는 마음으로 기다리는 데에도 한계가 있는 법이다.

그리고 마침내, 마르셀라는 결단을 내렸다.

“접수처에, 물어봅시다!”

끄덕

올리아나와 모니카도 동의했다.

“저기, 이 도시에 『붉은 맹세』라는, 여성들로만 이루어진 파티가 있다고 들었는데요…….”

‘올 것이 왔구나…….’

어쩌면 조만간 그런 질문이 올 수도 있겠구나 하고 반쯤 예상했던 접수원 아가씨.

“네, 이 지부 소속입니다.”

마르셀라의 질문을 받은 접수원 아가씨는 예상한 질문에 놀란 기색도 없이 생긋 웃으며 대답했다.

이렇게, ‘이상할 정도로 재능을 갖춘 소녀들이 모인 C등급 파티’가 그리 흔할 리 없다. 근데 그런 파티가 같은 시기에 같은 장소에 둘이나 나타난다는 것은 도저히 우연이라고 생각할 수 없었다.

즉, 한패.

동료 혹은 관계자.

그렇게 생각하는 게 자연스러웠다.

결국, 길드 직원들은 지금까지 그녀들이 왜『붉은 맹세』를 물어보지 않는지가 더 의문이었지만, 그렇다고 길드에서 먼저 무슨 관계냐고 물어볼 수는 없는 노릇이었기에 소문만 무성한 상황이었다.

"그녀들은 지금, 어디에 있나요?"

평소 같으면 다른 헌터의 동향을, 그것도 어린 소녀들의 이야기를 술술 털어놓는 접수원 아가씨는 없겠지만, 물어본 사람이 12~13살 무렵의 소녀들이기도 했고, 누가 봐도『붉은 맹세』의 '관계자'로 보였기에 접수원 아가씨는 아무 생각 없이 이야기해버리고 말았다.

그리 특별한 것도 아니고, 정확한 장소를 알려준 것도 아니니, 딱히 문제없다고 생각했을 거다. 그리고 그건 아마 그녀가 아닌 다른 직원이었다 해도 마찬가지였으리라.

"『붉은 맹세』분들은『원더 쓰리』여러분과 마찬가지로 수행 여행을 떠나셨어요. 언제 돌아올지는 잘……."

"""네에에에에에에에엣?!"""

무심코 소리를 지르며 경악하는 '원더 쓰리' 세 사람.

"서쪽으로 가는 여행을 마치고 본거지로 돌아온 게 아니었나요……."

191

서쪽으로 여행을 떠났다가 돌아오는 길에 애클랜드 학원 여자 기숙사를 들렀으니 마르셀라 일행은 그대로 '붉은 맹세'가 본거지인 이 도시로 돌아왔을 줄만 알았다. 그도 그럴 것이, 여행을 끝마치면 당분간은 다시 여행을 떠나지 않겠지 하고 생각하는 게 보통이 아닌가……

신입 C등급 파티의 수행 여행.

그것은 반년이 걸릴지 몇 년이 걸릴지 알 수 없는, 자유롭게 정처 없이 돌아다니는 여행이다.

물론 두 번 다시 돌아오지 않는 파티도 적지 않았다.

마음에 드는 도시를 발견해 그곳으로 거점을 옮기고 이적하거나, 우연히 큰 공을 세워 그곳 길드 지부에 스카우트되기도 했고, 현지인과 사랑에 빠져 그곳에 정착하거나, 부상, 질병, 기타 여러 가지 이유로 헌터를 은퇴, 혹은 세상을 떠난 경우가 그러했다.

물론 아델이 그리 쉽게 죽을 리는 없다.

다만…….

"지능을 낮추고, 상식을 제쳐두고, 깜박하는 성분을 다섯 배로 끌어 올려서……."

정체를 알 수 없는 주문을 읊으며 모니카와 올리아나의 손을 쥐는 마르셀라. 그리고…….

""""슈퍼 아델 시뮬레이션!!""""

소녀들의 기행을 입을 쩍 벌리고 쳐다보는 길드 직원과 헌터들.

"다음은 역방향, 동쪽으로! 돌아올 계획이지만, 만약 괜찮은 남자를 만난다면 그곳에 눌러앉는다!"

"그 추측에, 동의!"

"이하동문!"

모두의 의견이 일치하는 듯했다.

"갑시다! 『원더 쓰리』, 출격!"

""하앗!""

그리고 서둘러 헌터 길드, 티루스 왕국 왕도 지부를 나가는 세 소녀.

"……뭐야, 쟤들…….'

""""""""…………."""""""""

그 질문에 대답할 수 있는 사람은 아무도 없었다.

제84장 휴가

"왕도에 계신 여러분, 제가 돌아왔습니다!"

마일이 육포를 파이프 담배처럼 입에 물고 뭔가 또 전형적 대사 같은 것을 말했지만, 오늘도 다들 무시했다. 다 받아주면 습관된다.

그 이후로 '붉은 맹세'는 본거지인 티루스 왕국 왕도를 목적지로 했다. 떠날 때는 주도로를 이용했는데, 돌아올 때는 주도로에서 살짝 벗어난 샛길을 선택했다.

같은 루트는 재미없고 공부가 되지 않아서이기도 했지만, 진짜이유는 아마도 '갈 때 여러 가지 일을 만들었던 마을'에 다시 얼굴을 내밀기가 창피해서였으리라.

여하튼 이렇게 해서 다시 본거지로 돌아온 '붉은 맹세'였다.

······'주도로를 타고 동쪽으로 향하는 자들'과는 만나지 못한채······.

돌아오자마자 우선 곧장 길드 지부로 향했다.

헌터 양성 학교의 학비 반환 면제 조건으로, 5년간 국내 활동의무 기간을 조금이라도 일찍 끝내기 위해, 국경을 넘어 들어간첫 도시에서 소재 채취 상시 의뢰를 하고(마일의 아이템 박스에들어 있는 걸 냈다), '국내에 있어요 카운터'만 돌리고 있던 '붉은

맹세'였으나, 그래도 왕도에 돌아왔다는 보고만은 제일 먼저 해 두는 것이 예의이리라.

"돌아왔어요~! 이번 수행 여행은 끝났습니다!"

딸랑, 하는 귀에 익은 도어벨 소리에 이어서, 마일의 목소리가 길드 안에 울려 퍼졌다.

""""""엥⋯⋯⋯⋯."""""

입구 근처에 선 '붉은 맹세' 네 명을 향해 헌터와 길드 직원들이 시선이 집중되었고⋯⋯.

""""""오오오오오오오! 축하해! 무사히 돌아왔구나!"""""

모두 환호성을 질렀다.

아니, 환호성이 나온 건 오버하는 것도, 돌아온 사람들이 '붉은 맹세'여서도 아니다.

'은혜 갚기 여행'을 떠난 헌터와 달리 '수행 여행'을 떠난 헌터가 부상자나 낙오자 없이 온전히 돌아오는 일은 그렇게 많지 않았 다. 수행 중이라는 이유로 분수에 맞지도 않는 의뢰를 받거나 무 리를 해대는 탓에⋯⋯.

'붉은 맹세'는 실력이 출중한 거야 이미 다들 아는 이야기였지 만, 그런 파티일수록 '아주 살짝, 자기 실력을 넘어서는 의뢰'를 받고 마는 법이다. 그래서 자신감이 과한 녀석들은 무력한 녀석 들보다 온전히 돌아오기 어려웠다. 외국이나 여행지에 눌러앉는 경우는 소속 지부 변경 서류가 날아오기에 길드가 금방 알 수 있 지만, 서류도 없이 소식이 끊겨 수년이 지나도록 돌아오지 않는 사람들도 적지 않았다.

그리고 지금, 한 신인 파티가 한 사람 빠짐없이 무사히 돌아왔다. 사람들이 환호성으로 맞이할만한 경사였다.

＊　　＊

"돌아왔어~"

"어서 오……앗, 언니들!"

카운터 너머에서 튀어나온 레니.

"화, 환영합니다, 무사히……. 여행 종료를, 축하드립니다!"

어딘지 레니답지 않은 말투였는데, 아마 이건 레니에게 의식과도 같은 정형구이리라. 상대가 마음에 든 단골이든, 며칠만 묵다 갈 뿐인 손님이든, 오랜 여행을 마치고 무사히 돌아와서 다시 이 여인숙을 선택해준 손님이든 맞이하는 말은 늘 같았다.

……지난번에 돌아왔을 때는 대사가 좀 달랐지만, 뭐 놀라서 그랬을 거다.

레니는 너무 감동한 나머지 눈가에 눈물이 맺혔다. 그 모습을 보고 자신들도 울컥해버린 마일 일행이었는데……

"좋았어! 이제 목욕탕 경비를 절약할 수 있겠구나! 언니들을 미끼로 손님들을 모으고 여행 선물로 가져온 마물 고기를 써서 식자재 예산도 절약하고, 하는 김에 다른 나라의 레시피도 배워서……."

((((역시 레니였어…….))))

돌아왔음을 새삼 실감하는 '붉은 맹세'였다…….

*　*

　그렇게 오랜만에 여인숙 주인장이 만든 요리를 먹고 푹 잔 후,
다음 날 길드 지부를 찾았다가…….

　"너희, 왜 어제 나를 찾아오지 않았어?!"

　……길드 마스터의 방으로 불려가 실컷 혼났다.

　"아니, 어제 길드에 와서 직원분들이랑 길드에 계셨던 헌터분
들에게는 인사를 했는데요……. 오히려 여행에서 돌아왔다고 길
드 마스터 앞까지 찾아가서 일일이 보고하는 C등급 파티가 있긴
한가요?"

　"윽……."

　길드 마스터는 메비스의 반론에 말문이 막혔다.

　"그, 그럼 그전에는 왜 아무 말도 안 하고 바로 여행을 떠난 거
야?! 첫 번째 여행에서 돌아온 다음에 말이야!"

　"첫 번째 여행에서 돌아온 다음이라니? 이번 여행이 첫 번째인
데? 지난번은 그저 우연히 근처를 지나는 길이었기에 들렀을 뿐
이야. 어차피 잠깐 와봤을 뿐인데 귀찮게 일일이 귀환 보고하고
다시 출발할 이유가 없잖아?"

　"뭣……."

　이번에는 레나가 그렇게 설명했다.

　저번에 왔을 때도 딱히 귀환 보고는 하지 않았다. 곧장 다시 나
갔다고 뭐라 할 일이 아니다.

"크으윽……. 뭐, 됐다. 그보다, 이번에는 정말로 돌아온 게 맞겠지?! 틀림없지?!"

"아, 네. 『제1회 수행 여행』은 이걸로 끝입니다."

메비스가 그렇게 대답하자, 후우 하고 크게 한숨을 내쉬는 길드 마스터.

'제1회'.

그렇다, 물론 헌터가 수행 여행을 한 번만 떠날 리는 없다.

똑같은 일상에 질렸다, 실력이 좀 붙은 것 같으니 시험하러 가겠다, 좀 더 강해지고 싶다 등. 헌터는 다양한 이유로 자주 여행을 떠난다. 그건 아무리 길드 마스터라 할지라도 막을 수 없다.

정작 본인도 젊었을 땐 자주 여행을 다녔고. 이걸 가지고 뭐라 할 순 없다.

"좋아, 어쨌든 무사 귀환을 축하한다. 앞으로의 활약도 기대하마!"

""""하잇!""""

오른팔을 하늘로 힘차게 들어 올리고 크게 외치는 '붉은 맹세'.

그렇다, 헌터의 '맡겨만 주세요!' 하는 의지가 담긴 대답은 이것밖에 없었다.

* * *

어제는 인사만 하고 바로 숙소로 돌아갔기 때문에 길드 마스터와 이야기를 마친 네 사람은 의뢰 게시판에서 받아주는 사람이 없어 계속 붙어 있는 의뢰가 없는지 살핀 후, 한가해 보이는 길드 직원이나 헌터를 붙잡고 요즘 무슨 일이 있었는지 정보를 모은 후, 일주일간 휴식을 취하기로 했다.

장기 원정을 나선 헌터가 휴가를 일주일만 잡는 건 상당히 짧게 쉬는 편이다. 상당히 불안정하거나 돈이 없는 게 아닌 이상 적어도 3주 정도는 쉬는 게 보통이다. 긴 여행으로 부상이나 피로가 쌓이고 컨디션 불량에 빠지는 사람이 많기에 본거지에서 푹 요양하는 사람도 많다.

……하지만 마일과 폴린의 치유마법이 있는 한, 네 사람에게 그런 건 상관없는 이야기였다. 어차피 한쪽 팔이 떨어져 나가도 10초면 전투 가능한 상태로 돌아오니까…….

"그럼 평소에 신세 졌던 곳, 신세 지고 있는 곳 등을 돌면서 인사드리고 일주일 휴가. 그 후에는 실력 향상과 금화를 목적으로 열심히 달려보자!"

""""하잇!""""

그렇게 해서 의뢰를 받지 않고 나가는 '붉은 맹세'를 따뜻한 눈빛으로 지켜보는 헌터와 길드 직원들.

물론 얼마 전에 길을 떠난 세 명의 소녀로 구성된 파티에 관해 굳이 알려주는 사람은 없었다.

물어보면 수행 여행을 떠났다는 것 정도야 알려주겠지만. 그건 딱히 비밀로 할 정도도 아니고, 길드 직원과 헌터 대부분이 알고 있는 사실이기도 했다. 그래서 '붉은 맹세'가 수행 여행을 떠난 걸 그 세 명에게 알려주었다. ……물어봤으니까.

하지만 물어보지도 않았는데 다른 파티에 대해 먼저 술술 떠들 길드 직원도, 헌터도 없었다. 그리고 '붉은 맹세'는 주변 정세와 마물 상황 등에 대해 이것저것 물으며 돌아다녔지만 '자신들을 찾는 자가 없었는지'라든가 '3인조 소녀 파티가 오지 않았는가'와 같은 질문을 하진 않았다.

원래부터 '붉은 맹세'를 찾아오는 사람이 많은 것이다.

파티 가입 희망자, 전속 계약을 들이미는 귀족이나 상인, 기타 등등…….

그들도 누군가에게 전언을 부탁받은 게 아닌 이상 굳이 '붉은 맹세'에게 전달할 이유는 없었다.

생각해보면 그 세 사람이 상식을 벗어나기는 했으나 그것만 가지고 '붉은 맹세'와 관련된 사람들이라고 단언할 수 있는 건 아니었다.

애당초 그녀들은 '붉은 맹세'의 정보를 조금도 쥐고 있지 않았고, '붉은 맹세'도 누가 찾아왔는지 확인하지 않았다. 이렇게 보면 그저 단순히 '붉은 맹세'를 동경하여 파티에 들어가기 위해 쫓아온 무리일 확률이 높았다.

게다가 '붉은 맹세'는 이 도시에서 결성된 파티이고, 멤버의 절반은 이 나라 출신이다. 다른 나라에서 온 그들과 연결고리가 있을 확률은 낮다.

……그렇다면 다른 헌터의 정보를 멋대로 다루는 것은 매너에 어긋난다.

그런 이유로 마일 일행은 세 소녀가 찾고 있다는 이야기를 들지 못하게 되었다…….

*　　*

휴가에 들어갔다.

하지만 메비스와 폴린이 고향을 찾기에 일주일(6일간)은 너무 짧아서 왕복 일수에도 미치지 못했다. 그래서 필연적으로 왕도에서 빈둥거릴 뿐이었다.

마일은 도서관에 가거나 고아원에 오크 한 마리 분의 고기를 기부하기도 하고, 강변에 있는 허접한 오두막——만도 못 한 '비바람을 피하는 게 고작인'(비바람도 그다지 막지 못하지만) 곳에 사는 고아들에게 '신작 요리 시식회'라는 명목으로 음식을 만들어 배불리 먹이는 등 이것저것 바쁘게 보냈다.

그리고 밤이면 늦게까지 뭔가를 썼다. 다음 날 아침에 늦게 일어나도 괜찮았기에, 새벽녘까지 깨어 있어도 안심이었다.

메비스는 검술 도장에 가서 대련하기도 하고, 이따금 마일을 따라 고아원이며 강변에 가서 아이들에게 검술 비슷한 흉내를 가르쳐주었다.

……언젠가 고아들이 E등급 헌터가 되어 고블린과 오크와 싸울 때 조금이나마 그들의 목숨을 지키는 데 도움이 될 거라 믿으면서…….

레나는 도서관에 다녔다.

온갖 문헌을 읽으며 마법 연구를 하기도 하고, 젊어서부터 A등급이 된 헌터의 전기를 읽거나 오락소설을 읽으며…….

레나는 예전에도 도서관에서 책을 빌렸었다. 비싼 요금과 아주 비싼 보증금을 내면서까지.

마일, 아니 미아마 사토데일 선생처럼 스스로 집필 활동을 할 정도는 아니지만 읽는 것은 꽤 좋아하는 듯했다.

그리고 폴린은.

……금화를 세고 있었다.

"후후. 후후후. 우후후후후……."

…………금화를 세고 있었다…….

"찾았다! 찾았다아아아아아아!"

"응? 누구……앗, 그 파더콤 엘프……."

휴가 중이던 어느 날, 숙소로 돌아온 마일을 갑자기 붙잡은 사람은 그, 수인과 고룡 사건 때 만난 엘프 학자, 크레레이아 박사였다. 그렇다, 마일과 레나가 가슴 부근에 친근감을 느꼈던…….

사람 얼굴을 잘 기억하지 못하는 마일이었지만, 아무리 그래도 박사의 얼굴은 기억한 모양이었다. 박사가 엘프여서인지, 아니면 빈유 동지여서인지는 모르겠지만…….

참고로 마일은 혼자 행동했기 때문에 이번에는 폴린과 레나가 끼어들지 못했다.

"파아더콤?"

"아, 지적이고 훌륭하다, 라는 의미의 단어예요!"

"……그, 그래? 뭐, 틀린 말은 아니네……."

마일이 둘러댄 말에 너무 쉽게 속아 넘어간 크레레이아 박사.

……쉽다. 너무 쉽다…….

"아, 아무튼, 겨우 찾았네! 너희를 쫓아 서쪽 바노라크 왕국까지 갔다가 그 김에 고향에 가서 아버지를 만나서 볼을 부비부비하고, 부비부비하고, 부비부비하고, 같이 자고, 또 부비부비하고, 『아빠 성분』을 듬뿍 보충하고, 부비부비하고, 방향을 튼 너희를 쫓아 왕도로 돌아왔더니 이미 또 떠나고 없어서 하는 수 없이 돌아오기만을 계속 기다려왔던 기나긴 나날……. 어떻게 책임질 거얏!"

"아, 아니, 어떻게 책임질 거냐니……."

거의 생트집이 가까웠다.

……아니, '거의'가 아니라 완전히, 분명한 생트집이었다.

그리고 지나치게 '부비부비'했다.

"……그런데 무슨 일로요?"

마일 일행을 찾았다는 건 뭔가 볼일이 있다는 뜻이다. '붉은 맹세'에 대한 지명 의뢰일까, 아니면 지난 일로 뭔가 확인하고 싶은 거라도 있나…….

그리고 마일의 질문에 대한 크레레이아 박사의 대답은…….

"너, 내 거 하자!"

"백합 전개, 왔다아아아아아아~~!"

사실 마일은 전생에서 그런 지식도 살짝 갖추고 있었다. 부모님의 서재에 어머니의 애장서도 보관되어 있었던 것이다.

다만, 소프트한 것이었다. 자매(쇠르)라든가, 자매라든가, 자매 같은…….

"……백합? 그게 뭔데?"

"아, 이건 일본어가 아니어도 안 통하나……. 으음, 뭐라고 설명해야 좋을까, 으음, 그게 그러니까…….'

"뭐, 그런 건 아무래도 좋아."

마일이 설명에 애를 먹고 있자, 크레레이아 박사가 다음 이야기로 넘어갔다.

"너, 내 연구 대상이 되어 당분간 내 곁에 있어라. 내가 질릴 때까지……. 그래, 한 100년 정도면 되려나…….'

"죽어요! 그전에 저, 수명이 다해서 죽고 만다고요오오!"

"아……."

깜박했다, 하는 표정인 크레레이아 박사.

"너, 엘프 같은 냄새가 나니까, 나도 모르게……."

중세 유럽에서 성인을 맞이한 자의 평균적으로 남은 수명은 40~50세 정도로 평균 수명은 20~30세 정도였다고 하는데, 그건 높은 유아 사망률과, 그에 못지않은 산모의 사망률 때문이다. 당시에는 애를 낳다 죽는 어머니가 전쟁으로 죽는 사람 수보다 많았다고 한다.

그리고 현대 일본에서라면 쉽게 고칠 수 있는 질병으로도 이 세계 사람들은 쉽게 죽는다. 부상은 치유마법으로 쉽게 고칠 수 있어도 질병은 그렇지 않은 것이다. 이 세계에서 인간은 고작 맹장 정도로도 죽어버린다.

또 이 세계에는 많은 마물이 살고 있다. 위험한 만큼 평균 수명도 짧아진다.

100세는 마을의 장로라 불리는 사람들조차도 절대 도달할 수 없는, 거의 신선의 영역이다. ……'인간'의 경우에는.

병에도 강하고 치유마법이 뛰어나며, 숲속 깊은 곳에서 조용히 살아가는 엘프에게 100세는 아직 어린애 혹은 청년에 지나지 않았다.

그건 엘프와 인간 사이의, 절대 극복할 수 없는 감각의 차이였다.

……하지만 마일은 지금 그게 문제가 아니었다.

"내, 냄새? 냄새나요?! 저, 역시 구린내가 나나요오오오오?!"

예전에 수인에 이어서, 냄새가 특이하다는 말을 들은 게 이걸로 벌써 두 번째였다.

인간에게 '특이한 냄새가 난다'는 것은 곧 '구린내가 난다'는 의미였다. 이 세계는 향수가 아직 발달하지 않았거니와, 그 향수도 '은은하게 좋은 향을 풍기게 하는 것'이 아니라 강렬한 냄새로 악취를 덮어버리는, 현대인이 알고 있는 것과는 다른 녀석이라…….

"아아아! 아아아아아아!"

갑자기 머리를 쥐어뜯으며 주저앉아 버린 마일을 보고 크레레이아 박사는 뒤늦게 실언을 알아챘다.

"아, 아니, 그런 뜻이 아니야! 아니라고! 이상한 냄새가 아니라……, 잠깐, 『엘프 같은 냄새』라고 말했는데 그렇게 의기소침해한다는 건, 너, 『엘프는 구린내 난다』라고 생각하고 있다는 거잖아! 모욕적이야! 용서할 수 없어!"

……엉망진창이었다.

결국, 여인숙 앞에서 소란피우는 바람에 장사를 방해당한 된 레니가 이미 여인숙에 돌아와 있던 레나와 메비스를 불러와 개입시킬 때까지 계속되었다…….

*　*

"……그래서 마일짱이 내 전속이 되는 건 말인데, 내일부터 우리 집에 얹혀살래?"

"그런 얘기, 금시초문이라고요!"

어쩔 수 없이 마일이 그녀를 방으로 들이자, 크레레이아 박사가 당연하다는 듯 다시 그 이야기를 꺼냈다. 그것도 이미 다 결정된 사항이라는 투로.

그리고 어느샌가 멋대로 자신의 이적이 결정되자 분개하는 마일.

지금은 폴린도 돌아와서 '붉은 맹세' 모든 멤버가 다 모여 있었다.

폴린은 지난번과 같은 수단을 썼다.

"상대의 사정도 생각하지 않고 승낙도 구하지 않고 자기 멋대로 정해버리고 강요하는 거. 에이투르 씨랑 샤라릴 씨의 방식과 똑같네요. 엘프란 다들 그렇게 상식이라곤 없는 분들밖에 없나 봐요. 이러니 악평이 돌아다니는 거겠죠……."

"뭐, 뭐라고?! 에이투르랑 샤라릴?! 너희, 그 노땅 여자들이랑 만난 거야?! 그래서 설마, 뭔가 약속 같은 걸 한 건 아니겠지?! 내가 먼저야! 마일짱은 내가 먼저 발견했어, 그러니까 내 거라고!"

에이투르와 샤라릴이라는 이름을 듣자마자, 혈색을 바꾸고 소리치는 크레레이아 박사. 아무래도 그 두 사람과 마찬가지로 적개심으로 똘똘 뭉쳐 있었다.

"그 녀석들이 뭐라고 말했는지는 모르겠지만, 난 그런 것들이랑은 다르다고! 내 연구에 협력하면 나중에 반드시 나한테 고마워하게……."

"얼른 쫓아내!"

"하앗!"

"하앗!"

멋대로 지껄이는 크레레이아 박사를 방에서 쫓아내라고 지시를 내리는 레나와 마치 '일본 전래 허풍동화'에 나오는 은거한 호위들같이 대답하며 지시에 따르는 메비스와 폴린.

힘 조절을 잘못하면 대참사가 벌어지기 때문에 이럴 때 마일은 직접 나서지 않는 것이 통례였다.

"야, 무슨 짓이야, 이거 놔! 마일짱, 내 곁으로, 아아, 마일짜~ 아앙!"

저항하면서도 메비스와 폴린에 의해 방에서 밀려나 그대로 질질 복도로 쫓겨나는 크레레이아 박사.

그리고 레나와 함께 그 모습을 응시하는 마일.

"저 엘프가 마지막 한 마리라고 생각하기는 힘들어요. 저 엘프랑 같은 것들이 또 이 세계 어디에서 나타날지도 몰라요…….”

그리고 마일의 입에서 불길한 예언이 나왔다…….

“뭐야, 대체…….”

일단 마일을 찾아냈으니 지금이 아니더라도 훗날 천천히 마일이 혼자 있을 때를 노려 다가가면 된다고 생각한 크레레이아 박사는 그대로 물러갔다.

그리고 레나는 한창 불쾌감을 뿜어내는 중이었다.

“뭐, 늘 있는 일이죠.”

“인기 많아서 좋겠네, 마일!”

그리고 레나를 달래는 폴린과 마일을 놀리는 메비스.

“아니아니, 소녀들을 후리고 다니는 메비스 님께는 절대 못 미치죠! 뭣하면 길드편으로 편지를 보내 이곳 연락처를 그『아가씨』에게 알려드릴 수도…….”

“미안! 내가 잘못했어!”

마일의 반격에 안색을 바꾸고 머리를 숙이는 메비스.

그렇다, 메비스 역시 ‘본인이 원하지 않는 인기’에 곤혹스러움을 충분히 잘 아는 사람 중 하나였다…….

“설마, 막 따라다니는 게 얼마나 힘든지 충분히 잘 알고 있을 메비스 씨가 저한테 그러실 줄은 꿈에도 몰랐네요!”

“미안! 화 풀어…….”

진심으로 마음 상한 듯한 마일에게 필사적으로 사과하는 메비스.

뭐, '진심으로'라고 하긴 했지만, 아직 레벨 1 수준이어서 크게 염려할 필요는 없었다. 모두가 걱정하기 시작하는 것은 레벨 2, 즉 마일의 얼굴에서 표정이 빠져나가고 무표정이 될 즈음부터다.

그리고 눈이 전혀 웃지 않는 미소를 짓기 시작하는 레벨 3, 그 미소마저 사라지고 진심으로 불쾌한 표정이나 화난 표정이 되면 레벨 4. 여기까지 오면 그거다. '그 눈에 찍힌 자, 모든 희망을 버려야 할 각'. 예전 길드 안내원 아가씨 '사망각 페리시아'의 '이 사람에게 찍힌 자는 모든 희망을 버려야 할 각'과 거의 같았다.

*   *

이리저리해서 일주일의 휴가를 보내고 다시 헌터 생활로 돌아온 '붉은 맹세'가 길드 지부에서 의뢰 보드를 물색하고 있는데…….

"수행 여행 도중, 『여신의 종』입니다. 당분간 신세 지게 되었습니다!"

어디서 많이 들어본 음성에, 어디서 많이 들어본 파티명이 들려왔다.

""""""엥……."""""

"""""""""아앗!""""""""""

그렇다, 그들은 오라 남작가의 딸인 리트리아를 떠넘…… 아니,

추천한, 여성 헌터 파티 '여신의 종' 일행이었다.

"여행 도중에 만나다니, 이런 우연이 다 있네요."

"아, 여기는 저희의 본거지예요. 이곳이 저희 파티 등록 지부이고, 이 나라에 저와 폴린의 친가가 있어요. 이번 수행 여행은 얼마 전에 끝났습니다."

'여신의 종' 리더인 테류시아의 인사에, 모두를 대표해 파티 리더 메비스가 그렇게 대답했다.

"어머, 그랬구나. 역시 양쪽이 다 돌아다니는 것보다는 한쪽이 한곳에 머물러 있는 쪽이 만날 기회가 더 많은지도 모르겠어."

확률 계산을 하면 실제로는 어떤 결과가 나올지는 잘 모르겠지만, 왠지 그럴 것 같아 테류시아에 말에 고개를 끄덕이는 멤버들.

"……그런데 수행 여행이라니, 좀 이르지 않나요?"

'여신의 종'은 C등급으로 승격한 지 얼마 되지 않은 데다, 생초보인 리트리아가 막 들어온 참인데 곧바로 수행 여행을 나왔다니, 약간 성급한 게 아닌가 생각이 든 마일이 이유를 물어보자…….

"죄송해요……."

무슨 영문인지 리트리아가 파티 멤버들에게 사과했다.

"엥?"

영문을 몰라 어리둥절한 표정을 지은 마일에게 테류시아가 쓴 웃음을 지으며 설명해주었다.

"실은 리트리아의 아버지 오라 남작이 원체 걱정이 많아서 말이야……. 우리한테 감시를 달기도 하고 난도가 낮은…… 아니, 아예 하나도 안 위험한 지명 의뢰를 내는 둥, 여러 가지로 성가시

게 해서……."

""""""아~…….""""""

이해했다는 듯 목소리를 높이는 마일 일행.

왠지 그럴 것 같았다. ……아니, 실제로 그랬다.

"그래서 귀찮으니까 빨리 수행 여행을 떠나기로 한 거야. 말이 수행 여행이지, 서로 호흡을 맞출 수 있도록 연습하려는 거라 무리할 생각은 없어. 적당한 수준에 마물을 상대로 삼아 연습하기 위한 여행이야. 한곳에 계속 머물러 있어선 여러 마물과 싸울 수가 없으니까. 여행 기간도 길게 할 생각은 없어. 이 나라에 당분간 머물다가 돌아갈 계획이야……."

'여신의 종'은 각자의 실력을 우선하는 파티가 아니라, 서로 호흡을 맞춰 진가를 발휘하는 파티였고, 그건 바로 레나가 목표로 하는 파티이기도 했다. 그래서 새로 리트리아가 들어왔으니 합을 맞춰보기 위해 오라 남작이 간섭하지 못하는 곳에서 천천히 훈련하려고 여행을 떠난 것이리라.

'……일종의 신입사원 교육 합숙 같은 건가?'

마일의 생각대로, 모두의 친목과 신인의 초기 교육, 그리고 조금이라도 빨리 리트리아가 파티에 녹아들 수 있도록 배려도 겸한 여행이었다. 그 도시에 있으면 리트리아는 수시로 집에 얼굴을 좀 내밀라는 요구에 마음을 영 잡지 못할 테니까.

"저 때문에 여러분께 피해만 드리고……."

"그렇지 않아!"

미안하다는 듯 머리를 숙이는 리트리아의 말을 테류시아가 바로 부정했다.

"리트리아가 뒤에서 공격마법을 쏘면서 금쇄봉으로 라세리나를 보호해주니까 라세리나가 지원 마법에 전념할 수 있고, 뒤에서 마물이 다가와도 걱정이 없으니까 타시아의 부담이 줄어들면서, 전술의 폭이 한층 넓어졌어. 이건 아주 큰 의미가 있다고."

타시아는 화살로 전열을 도우면서 동시에 옆, 뒷면에서 오는 공격을 저지하고 마술사인 라세리나의 호위까지, 맡은 임무가 많았는데, 리트리아가 그 짐을 덜어주면서 타시아의 여유가 늘어났다.

또 라세리나가 지원 마법에 전념할 수 있다는 점이나, 공격마법과 타격 무기를 쓸 수 있게 되었다는 장점을 더하면 '여신의 종'의 전투 능력이 얼마나 올랐을지 차마 다 헤아릴 수가 없었다.

게다가 그 타격 무기도 레나와 폴린이 쓰는 스태프가 아니라 금쇄봉이다. 적이 마법에 강하든, 몸이 단단하든, 금쇄봉을 내려치면 다 부숴버릴 수 있다.

사람 하나 늘어난 것만으로 이만큼 팀이 강해질 거라고는 테류시아도 상상하지 못했으리라.

"그러니 리트리아를 소개해준 너희에게 무척 감사하고 있어."

테류시아의 진심이 담긴 말.

타시아가 리트리아의 머리를 가볍게 탁탁 때리자 리트리아가 에헤헤 하고 귀엽게 웃었다.

리트리아는 이제 '여신의 종'에 익숙해진 모양인지 '붉은 맹세'에 집착하지 않았다.

만약 리트리아가 자신이 도저히 따라갈 수 없는 괴물들만 모인 '붉은 맹세'에 들어갔다면 과연 이 정도까지 구김 없는 미소를 지을 수 있었을까…….

((((**다행이야…….**))))

리트리아를 자신들이 아닌 '여신의 종'에 맡긴 판단이 틀리지 않았음을 알고, 안도의 표정을 짓는 '붉은 맹세'였다.

"……어이, 이 녀석들, 아는 사이야?"

마일 일행에게 갑자기 누가 뒤에서 말을 걸어왔다. ……길드 마스터였다.

우연히 2층 방에서 내려온 모양이었다.

다른 나라에서 온 C등급 파티를 대뜸 '이 녀석들'이라고 부르는 건 좀 그렇지만, 그게 길드 마스터라면 딱히 불평하는 사람은 없을 거다. 그냥 원래 이런 사람인가 보다 생각하고 말 테니.

"아, 네, 저분들의 본거지에 갔을 때 여러 가지로 신세를 졌어요."

자세한 사정을 말할 필요는 없다. 특히 상대에게 허락을 구하지 않았다면 더욱이.

메비스도 아주 간략하게 설명했다.

하지만 왜 그러는지 레나가 불쑥 중얼거렸다.

"……내, 생명의 은인이야……."

"""""**뭐어어어어어어어어엇?!**"""""

길드 안에 경악의 탄성이 울려 퍼졌다.

천하의, 그렇다, 천하의 '붉은 맹세'를 구한 생명의 은인!

그건 저 '붉은 맹세'조차 죽을 위기에 빠질 만큼 위험한 곳에서 다른 파티를 구출할 만한 실력을 갖췄다는 의미였다.

((((((괴물인가…….))))))

아연실색한 표정으로 '여신의 종'을 쳐다보는 헌터와 길드 직원들.

테류시아는 레나의 말에 가볍게 손사래를 치며 미소 지었다.

"그런 일도 있었지. 하지만 후배 여자애를 보호하는 건 선배로서 당연한 일이잖아. 우리가 같이 있는데 후배를 다치게 하다니, 그럴 수는 없지……."

그녀들도 '붉은 맹세'를 높게 사고 있지만 아무리 뛰어난 실력이 있다 해도, '붉은 맹세'는 헌터의 경험이 부족한 병아리, 즉 지켜야 할 후배였다.

실제로 노력과 실력으로 F등급에서 올라온 '여신의 종'에는 '붉은 맹세'가 도저히 상대할 수 없는 굉장한 면이 몇 개나 있다

실제로 싸우면 '붉은 맹세'가 이길지도 모르지만, 그런 건 상관 없다. 선배로서 후배를 잘 가르치고 보호해야 한다. 그 탓에 '여신의 종' 멤버들은 '붉은 맹세'에 대해 지극히 자연스럽게 선배의 분위기를 풍기며…… 아니, 위에서 내려다보는 태도……? 잘난 척……? 여하튼 자신들이 위라는 분위기를 내뿜었다.

그런 걸 좋아할 사람이 없다는 걸 알면서도 자처하는…… 귀중한 희생과 맞바꾸면서 말이다.

그리고 레나는 무슨 영문인지 언짢기는커녕 기분 좋게, 아니, 존경하는 태도로 그들을 대하고 있었다.

((((((진짜냐고………….))))))

지금, 이곳 헌터 길드 티루스 왕국 왕도 지부에서, '여신의 종'의 최강 전설이 폭발했다. 본인들이 전혀 모르는 사이에…….

이제 이곳에서 '여신의 종'에게 이상한 시비를 거는 자는 없으리라. 다들 자기 목숨은 아까운 법이니까…….

"어째서 괴물 파티가 연달아 우리 도시로 몰려오는 거야……. 그것도 엄청 예쁘고 어린 여자들만……. 아니, 기쁘지만! 고맙게 생각하지만! 젠장, 누가 좀 꼬드겨서 여기 눌러앉게 해라!"

작은 목소리로 푸념하는 길드 마스터. 다행히 두 파티 모두 그 말은 듣지 못했다.

아니, 마일의 고성능 귀에는 들어갔을지도 모르지만, 마일은 그런 남자의 푸념을 한 귀로 흘려주는 자비심이 있었다.

"아무튼, 이번에는 그쪽이 손님이에요! 그러니까 저녁은 저희가 쏠게요!"

아무런 상의도 없이 마일이 멋대로 그런 말을 꺼냈지만, 폴린은 반대하지 않았다.

예전에 함께 싸운 파티이고, 자기 몸을 방패 삼아 레나를 지켜준 은인이었으며, 여성 파티의 대선배이기도 했다. 천하의 수전노 폴린도 여기서 소금화 몇 푼을 아낄 만큼 파렴치한은 아니었다.

사실 테류시아도 레나보다 키가 커서 살아남은 거였지, 레나가 맞았으면 급소에 치명상을 입고 손을 쓰기도 전에 죽었을 가능성

도 있었다. 말 그대로, 레나에게는 생명의 은인이었다.

"그럼 바로 식당에…….."

"""아니아니아니!"""

들떠서 나가려는 레나를 잡아 세우는 메비스 일행.

"아직 아침이고, 『여신의 종』분들은 이제 막 여기 도착했다고
요! 일단 정보 수집부터 하고 쉬시는 게 먼저죠, 당연히! 환영회
는 저녁에 해야 한다고요, 저녁에!"

"아…….."

마일의 입바른 소리에 그제야 제정신으로 돌아온 듯한 레나.

아무리 생명의 은인인 테류시아에게 마음을 빼앗겼다고는 하
나, 너무 중증이었다. 아버지와 '붉은 번개' 멤버들을 잃고 나서,
처음으로 '의지할 수 있는 사람'이 등장했으니 이러는 것도 이해
는 가지만…….

하지만 '여신의 종'은 곧 귀로에 오른다. 며칠 정도는 레나가 하
고 싶은 대로 해주자며, 따뜻하게 지켜보는 메비스 일행이었다.

*   *

"아이시클 재블린!"

"아이시클 애로우!"

"아이시클 볼트!"

"아이시클 다트!"

숲에 들어온 레나는 얼음 마법을 연발해서 사냥감을 잡고 있

었다.

······그리고 누가 봐도 의욕이 과했다.

"레나 씨, 거기까지······."

"너무 흥분했어······."

"뭐, 마음은 모르는 바도 아니지만요······."

나머지 세 사람은 어이없다는 눈빛으로 레나를 바라보았다.

환영회가 기대돼서 그러는 건지, 아니면 사냥감을 빨리 잡을수록 저녁도 빨리 온다고 생각하고 있는 건지, 레나는 사냥감을 상대로 무쌍을 하고 있었다······.

그리하여 저녁부터 시작된 '여신의 종' 환영회.

레나는 의욕적으로 가게 선정과 요리 협의를 끝마쳤지만, 막상 환영회가 시작되자 아무 말도 없이 얌전히 있었다.

"'성격 참 난해하네~······.'"

메비스 일행이 황당해했지만 어쩔 수 없다. 그게 레나라는 소녀였으니까······.

그래도 충분히 만족하고 있는지, 평소답지 않게 행복한 얼굴로 들떠있는 레나였다.

환영회 내내 말도 하지 않고 마냥 행복해하던 레나가 갑자기 엄청난 말을 꺼냈다.

"테류시아 씨, 저희와 모의전을 해줄 순 없나요?"

"어?"

느닷없는 제안에 '여신의 종' 멤버들이 놀란 표정을 지었다.

한편 메비스는 레나가 독한 술을 마신 게 아닌지, 폴린은 레나가 열이 있는 게 아닌지 확인하기 시작했고, 마일은 뭔가 재미있어질 것 같다는 느낌이 들어 두근두근하기 시작했다.

"……레나짱, 진심이야?"

"네! 저희에게는 연대라고 할까, 콤비네이션이 부족하다고 생각하거든요. 각자 실력에 맡긴 방식이라고 해야 하나……. '붉은 맹세'의 힘은 더하기에요. 하지만 '여신의 종'은 힘을 몇 배나 늘리는, 더하기가 아닌 곱하기이죠. 저는, 『붉은 맹세』를 그런 파티로 만들고 싶어요……."

레나의 얼굴이 붉었지만 그건 취해서 그런 게 아니리라. 그녀가 한 말은 지극히 정상이었으며; 누가 들어도 고개를 끄덕일 수 있는 내용이었다.

"…………."

레나의 말을 들은 테류시아는 생각에 잠겼다.

다른 멤버들은 리더의 결정을 따를 생각인지 아무 말도 없이 테류시아의 대답을 기다렸다.

그리고 '붉은 맹세'에선.

"저기, 파티 리더는 나인데……."

메비스의 슬픈 중얼거림이 새어 나오고 있었다.

"좋아. 그 제안, 받아들일게!"

테류시아가 재미있겠다는 표정으로 대답했다.

테류시아 뿐 아니라 '여신의 종' 모두가 같은 표정을 하고 있었다. 특히 리트리아는 잔뜩 신이 났다.

'붉은 맹세'도 슬픈 표정을 한 메비스를 포함해 딱히 반대하는 사람은 없었다. 레나의 말은 '붉은 맹세'가 공감하는 이야기였고, 이쪽도 재미있겠다는 생각을 품고 있었다.

그리고 그게 메비스가 슬픈 표정을 짓고 있는 이유이기도 했다.

그런 건 파티 리더인 자기 권한인데 하는…….

그래서 아무도 신경 쓰지 않았다.

"하지만 이대로 우리 『여신의 종』과 『붉은 맹세』가 대결을 펼치면 6대4가 되어버리네. 그것도 선배인 우리 쪽이 여섯 명인 건 좀 그래. 반대라면 모를까……."

과연 그건 선배의 자존심이 허락하질 않았다.

"그러니까 5 대 5가 되도록, 그리고 직종의 균형이 잘 맞도록, 멤버를 살짝 조정해보자. 딱히 『여신의 종』과 『붉은 맹세』가 우열을 가리려는 게 아니니, 그게 더 공부가 되지 않을까?"

"찬성해요!"

테류시아의 제안을 두말없이 따르는 레나.

그리고 그 모습을 보고 황당한 표정을 짓는 나머지 세 멤버.

'뭐, 괜찮겠지만…….'

'타당한 제안이지만요…….'

'레나 씨, 아무 고민도 하지 않고, 테류시아 씨의 제안이라는 이

221

유만으로 찬성하다니…….'

그리고 테류시아가 말을 이었다.

"그럼 팀 편성은……."

"저, 테류시아 씨 편에 들어갈래요!"

또 레나가 즉답했다.

"'레나가 그쪽으로 간다고오오오?!'"

레나가 '여신의 종'과 대결하고 싶은 줄 알았던 메비스 일행은
황당해했다.

"'그저, 테류시아 씨랑 같이 싸우고 싶었을 뿐이었냐아아아!'"

그리하여 다 함께 토론한 결과…….

'붉은 맹세' 중심인 팀

메비스 (검)

필리 (창)

타시아 (활, 단검)

폴린 (마법)

마일 (검, 마법)

'여신의 종' 중심인 팀

테류시아 (검)

위리누 (검)

라세리나 (마법)

레나 (마법)

리트리아 (금쇄봉, 마법)

이렇게 조가 만들어졌다.

활이 주 무기인 타시아를 후위로 놓으면 전, 후위가 딱 두 명씩이라 균형이 잘 맞았다.

지휘는 각 파티의 리더인 메비스와 테류시아가 맡기로 했다.

'붉은 맹세'의 전투 지휘는 대부분 레나가 해왔지만, 지금은 반대편에 서 있는데 어쩌겠는가.

마일도 지휘할 때가 있었지만, 그건 상대가 상식을 초월한 존재일 때만이었다. 오늘은 메비스의 서포트 정도만 할 예정이었다. 폴린은 작전을 세울 때는 좋은 책을 내주곤 했지만, 전투 중 임기응변은 조금 약했다. 당연하지만, '붉은 맹세'의 전투 방식을 모르는 '여신의 종' 멤버에게 맡길 수도 없다.

한편 '여신의 종'은 평소 필리가 테류시아의 서포트를 맡아왔지만, 이번에는 '붉은 맹세'에 있으므로 위리누가 대신하기로 했다.

"자, 검은 목검을 쓰고 창은 끝을 천으로 감싼 봉으로 대신한다. 화살은 화살촉을 떼고 같은 무게의 천을 감싸고 마법은 맞아도 살짝 날아갈 뿐 다치지 않도록 한다. 스태프는 그대로 쓰고, 금쇄봉은…… 으음, 천으로 감쌀까? 무게가 생명인 금쇄봉을 나무 막대로 바꿔서 휘둘러봐야 곤란하기만 하니까. 공격마법은 방어마법으로 막으면 되겠지. 뭐, 공격마법을 전력을 다해 쓰는 건 아니니까 뚫리는 일은 없을 테고…….”

다 함께 상의한 결과를 정리하는 테류시아.

압도적인 파괴력으로 적의 방어를 뚫어버리는 마일에게는 좀 불리한 규칙이지만, 그만한 실력자는 많지 않거니와 이번 모의전의 목적은 힘자랑이 아니었기에 마일은 딱히 아무 말도 하지 않았다.

“시합은 내일 오후 2의 종(오후 3시경)이 울릴 때. 장소는 왕도 남서쪽 바위산 앞. 관중은 없음. 이렇게 하면 되겠지?”

테류시아의 최종 확인에 고개를 끄덕이는 일동.

장소가 바위산 앞의 황무지인 것은 지나가던 사람이 다치거나, 숲을 불태우는 일이 없도록 하기 위해서였다. 또한, 관중이 없으니 비장의 카드도 마음껏 쓸 수 있었다.

모의전 시간을 오후로 정한 건, 대결을 끝내고 마일의 ‘휴대 욕실’로 땀을 씻어내고 밖에서 함께 저녁을 먹기 위해서였다. 그리고 그대로 텐트를 펴고 야영. 즉 ‘여자 모임’이었다.

한편 마일은 레나가 저녁 메뉴에 세심한 주문을 넣는 바람에 다소 곤혹스러워했다…….

* *

“준비됐어?”

테류시아가 그런 말을 했지만, 사실 다들 왕도에서 만나 함께 왔으니 굳이 물어볼 것도 없었다.

정확히는 왕도의 문 옆에 있는 건물 뒤편에서 만났지만. 헌터 길드같이 사람이 많은 곳에서 만나면 호기심에 따라오려는 바보가 있을지도 모르기에 일부러 이런 장소를 골랐다.

뭐, 몰래 따라오더라도 마일의 탐색 마법에 금방 들통나겠지만, 어느 쪽이든 성가신 건 마찬가지이므로, 피하는 게 현명한 선택이었다.

두 팀은 거리를 벌리고 각자 전투 준비에 들어갔다.

승리조건은 상대가 모두 전투 불능 판정을 받거나, 지휘관이 전투 종료를 선언하는 경우다.

모의전 무기는 실제 무기와 같은 효과로 판정한다.

두 팀이 준비를 마치자 이윽고 테류시아의 신호로 모의전이 시작되었다.

"런치 파이어 웍스!"

모의전의 시작은 원거리 마법전이었다.

가장 먼저 움직인 건 이상할 정도로 긴장한 레나였다.

그 이름대로 대량의 불화살이 쏟아지는 범위 공격마법이었다.

"배리어!"

하지만 마일의 '격자력'이라는 이름을 붙일 필요조차 없는, 가벼운 광역 방어 장벽에 간단히 막혔다. 범위 공격마법이어서 방어 장벽을 뚫을 만한 것이 아니었다.

애당초 파이어 웍스(불화살 마법)는 마일이 고안해서 레나에게 가르쳐준 마법이다. 그 위력과 특성을 모를 리가 없다. 원하는 효과를 중시해 쓸 마법을 고르다 보니 기본적인 사실을 놓친 레나의 대실수였다.

테류시아 앞에서 멋진 모습을 보이고 싶어서 마음이 급했던 걸까……

최대의 고정포대인 레나가 머릿속으로 다음 마법 영창에 들어갔다. 영창 소리가 없기에 '무영창 마법'이라고 부르고는 있지만, 마일이 마르셀라 일행에게 가르쳐준 것 같이 영창이 필요 없는 진정한 무영창 마법은 아니므로, 다음 마법 발동까지 시간이 좀 걸렸다. 마일은 그 틈을 노리고 공격마법을 날렸다.

"아이스 스피어!"

평소와는 달리 끝이 뭉툭했으므로 맞더라도 다치진 않겠지만, 그대로 맞으면 사망 판정으로 탈락이다. 그리고 레나는 머릿속으로 영창 중이라 방어마법을 쓸 수 없다.

레나가 마일에게 전수받은 베리어를 쓴다면 실체가 있더라도 막을 수 있겠지만, 라세리나나 리트리아는 마력탄을 막는 실드밖에 쓸 수가 없다.

뭐, 어떻게 피하더라도 추격하게끔 몰래 나노머신을 시켜 추격 기능을 달아놨지만.

그런데…….

"흐앗!"

놀랍게도 리트리아가 금쇄봉을 휘둘러 아이스 스피어를 쳐내더니 이쪽을 향해 공격마법을 발사했다.

"아이스 애로우!"

탈락 판정만 얻어내면 되니 스피어(창)가 아니라 애로우(화살)로 충분했다. 화살은 창보다 빠르고 여러 발을 한꺼번에 날릴 수도 있으니 합리적인 판단이었다.

리트리아가 만든 얼음 화살 여섯 발이 메비스를 향해 날아갔다.

마법 검사인 마일을 맡는 동시에 타시아가 단검을 들어 전위가 밀리기 전에 숫자를 줄일 생각이었다. 사령탑인 메비스를 꺾으면 적의 지휘 체계와 전위 라인을 한 번에 붕괴시킬 수 있다.

만약 폴린이 방어마법으로 화살을 막는다면 그만큼 폴린의 다음 공격을 늦출 수 있기에 어느 쪽이든 상관없었다. 그 틈에 라세리나와 레나는 다음 마법을 준비할 테니까.

마법사 셋이 동시 공격이 아니라 시차를 두는 건 다 이유가 있어서 그런 거다. 셋이 한꺼번에 공격했는데 적이 막아버리면 마법사들은 그냥 무방비 상태가 된다. 적의 마법 공격에 대응조차 할 수 없는 상황이 되는 것이다.

그러나.

"항마검!"

리트리아의 화살(끝은 둥글게 했다) 여섯 발은 메비스의 검에 순식간에 모두 튕겨 나갔다.

항마검은 마력탄을 상대로 쓰는 기술이지만, 실탄을 쳐내면 안 된다는 법은 없다. 메비스는 마이크로스 없이 진 신속검을 쓰고 있었기에, 도핑이 아니라 엄연히 '기'를 이용한 기술이었으므로

227

부끄러울 것도 없었다.

"윈드 엣지!"

"오잉?"

그냥 검사인 줄 알았는데, 느닷없이 메비스가 어딘가를 향해 공격마법을 날렸다.

리트리아가 당황해서 소리쳤다.

"라세리나!"

메비스의 노림수는 양 팀 마법사의 공격이 멎는 순간을 노리고 파고든 검사, 사령탑인 테류시아였다. 메비스도 리트리아와 같은 전략을 노린 것이다.

메비스의 노림수를 알아챈 리트리아는 곧장 라세리나를 불렀지만……

"아, 아이스 애로우!"

라세리나가 준비하고 있던 건 공격마법이었다.

윈드 엣지를 요격하기에는 최악의 상성이었다.

얼마 전까지만 해도 메비스가 윈드 엣지를 쏘려면 애검이 필요했을 터. 하지만 메비스는 왼팔로 윈드 엣지를 쓸 수 있게끔 비밀 훈련을 하고 있었고, 레나는 목검을 쓰는 모의전에서 윈드 엣지가 튀어나올 거라고는 상상조차 하지 못했다.

더구나 윈드 엣지의 원천이 마법이든 '기'이든 날아오는 건 결국 바람이므로 마법 방어는 의미가 없었다. 바람의 칼날은 얼음 화살과 달리 튕겨내기도 쉽지 않다.

……요컨대 라세리나의 마법으로는 요격도 방어도 수단이 없었다.

"윽…… 배리어!"

결국 윈드 엣지를 막으려면 레나가 마일에게 전수받은 배리어를 사용하는 수밖에 없었다.

불길한 예감이 들어 공격마법을 포기하고 대신 방어마법을 준비하고 있었는데 예감이 적중했다.

하지만.

'칫, 메비스의 공격 한 번에 둘 다 마법을 낭비하고 말았어!'

마법전의 균형이 무너졌다.

마법 하나하나가 중요한 상황에 너무도 치명적인 사태였다.

이윽고 두 검사가 충돌했다.

"진 신속검!"

기술명을 외치며 검을 휘두르는 메비스와 묵묵히 검만 휘두르는 테류시아.

그때 갑자기 메비스 뒤에서 필리가 창을 들고 나타나 테류시아를 향해 돌진했고, 동시에 반대편에서 위리누가 달려 나와 필리의 창을 검으로 막아냈다.

직후 라세리나가 다시 바람 마법을 단축 연창했고 곧 메비스에 돌풍이 불어닥쳤다.

"윽!"

메비스는 바람에 떠밀려 자세가 흐트러질 뻔했지만 억지로 검을 되돌려 겨우 테류시아의 검을 막아냈다.

곧이어 공격마법 준비가 끝난 레나가——.

휘익!

"앗!"

마법을 쓰기 직전, 천을 감은 화살 하나가 레나의 가슴을 때렸다.

타시아가 쏜 화살이었다.

메비스가 만든 빈틈에 초조해진 나머지 영창을 서두르다가 주변을 살피지 못한 것이다.

레나, 통한의 실수였다.

"그, 그런……."

하지만 후회해도 이미 늦은 일이었다.

조바심이 나서 그런 건지, 메비스를 만만하게 본 건지, 아니면 테류시아를 지키겠다는 생각에 사로잡혀 판단을 그르친 건지, 혹활이 마법보다 뒤떨어진다고 타시아를 얕보고 있었던 건지. 이유가 무엇이 되었든, 오늘 레나가 맞은 화살은 장차 그녀의 목숨을 지키는 양분이 될 것이다.

다만 이걸로 레나는 탈락.

공훈도 없이 제일 먼저 탈락하고 말았다. 그것도 테류시아의 앞에서

레나가 크게 낙담했지만, 승부의 세계란 냉정한 법이다.

모르그(시신 안치소)행이 결정된 자를 신경 쓸 여유 따위는 없다. 다른 팀원들은 이미 레나를 전력에서 빼고 싸움을 이어나가고 있었다. 죽은 사람은 싸울 수도 없고 동료를 돕거나 충고할 수도 없다.

시신(레나)의 심정 따위는 아무도 배려하지 않았다.

5 대 4.

메비스와 테류시아, 필리와 위리누가 각자 무기를 맞대고 있는 동안 한쪽에서는 타시아, 마일, 폴린과 라세리나, 리트리아가 대치하고 있었다.

……상황은 테류시아 측이 압도적으로 불리했다.

레나의 탈락이 치명적이었다. 적어도 폴린을 길동무로 삼았더라면 달라졌을지도 모르지만 이미 지난 일이다.

그나마 전선에 남아 있는 라세리나도 뒤에서 전위를 보조하는 역할이지, 공격마법을 퍼붓는 마법사가 아니었다. 그녀의 특기는 전열을 도우며 싸움의 균형을 조금씩 무너뜨리는 전투 방식이었는데, 상대편에 마법사가 많다 보니 마법 공격을 막아내기도 급급했다.

지금, 만약 라세리나가 자유로웠다면 메비스의 약점을 잡고 무너뜨리거나 필리의 창을 바람 마법으로 튕겨내 위리누가 공격할 수 있게 한다거나, 여러 가지를 시도했을 것이다. 하지만 리트리아가 마일을 붙잡고 있다 해도 아직 타시아와 폴린이 남아 있다.

……결국 상황은 점점 나빠져만 갔다.

"우오오오오오!"

그때 리트리아가 갑자기 돌진했다.

패색이 짙어지자 리트리아가 억지로 전위 대결에 뛰어든 것이다.

마법전과 달리 전위의 싸움은 순식간에 결판을 낼 수도 있다. 리트리아는 마법과 무기, 양쪽을 다 쓸 수 있으므로 전열 싸움에 끼어드는 것도 얼마든지 가능했다.

금쇄봉과 마법을 합쳐 공격할 수도, 마법으로 한 명의 발을 묶고 팀원과 힘을 합쳐 다른 한 명을 쓰러트릴 수도, 공격마법으로 적의 후방을 노릴 수도 있다.

이제 리트리아에게 금쇄봉으로 몸을 지키며 마법사 노릇을 하던 모습은 남아 있지 않았다. 오로지 동료를 지키기 위해 모든 힘을 발휘한 '프로 헌터'가 있을 뿐이었다.

"하아압!"

"으악!"

필리가 아무리 실력이 좋다 해도 리트리아의 금쇄봉과 위리누의 검을 한 번에 막아낼 초월적인 실력자는 아니었다. 결국 필리는 위리누의 검을 겨우 막아냈을 뿐, 리트리아의 공격을 어찌지 못하고 그대로 맞아 날아가고 말았다.

금쇄봉에 치여 날아가긴 했어도 리트리아가 힘 조절을 했을 테니 크게 다치진 않았겠지만, 이게 실전이었다면 갈비뼈 몇 대 정도는 부러졌을 거다. 애초에 실전이었으면 몸이 아니라 머리를 후려쳤을 테지만. 어느 쪽이든 필리는 리타이어였다.

리트리아는 곧이어 바로 메비스를 향해 금쇄봉을 휘둘렀으나, 어느새 달려온 마일이 리트리아의 공격을 목검으로 받아냈다.

퍼억!

금쇄봉에 속도가 붙기 전에 막아낸 덕분에 목검이 부러지지는 않았으나, 마일의 얼굴에는 여유가 없었다. 원래라면 '그렇게는 안 되죠!'라고 했을 대목이건만, 갑자기 전위 싸움에 끼어드는 리트리아를 멍하니 보고 있다가 필리를 잃자 책임감이 들었는지 마음이 급해진 모양이었다.

위리누가 그 틈을 노려 메비스를 공격하려 했지만 타시아가 단검을 들고 나타나 위리누를 막아섰다.

전위들이 얽혀있으니 라세리나의 특기를 살릴 장면이건만, 폴린의 마법 공격에 대비해 방어마법을 홀드 중이었으므로 움직일 수 없었다. 라세리나는 결국 모의전 내내 특기를 한 번도 보이지 못하고 있었다.

한편 폴린도 사정은 비슷했다. 모의전에 핫마법을 쓰는 건 좀 아니다 싶었고, 함부로 보일 수도 없는 마법인 데다, 모의전 규칙대로 힘 조절까지 해야 했다.

아무래도 다들 힘 조절이 서툴다 보니 스스로 조정 역할을 맡을 생각인 것 같았다.

"파이어 볼!"

이때 리트리아가 미리 준비해 둔 공격마법을 마일의 코앞에서 발사했다.

마일이 마법을 준비해 두었다면 그걸 쓰게 할 수 있고, 운 좋게 먹힌다면 더할 나위 없이 좋다.

물론, 그 정도는 진작에 예상했던 마일은 배리어로 리트리아의 공격을 막아냈다. 다만 마일은 리트리아가 누굴 노리더라도 대응

할 수 있도록 미리 방어마법을 준비하고 있었다. 어차피 다 달라 붙어 있으니까 공격은 검만으로도 충분했다.

리트리아도 그 정도는 알고 있었다. 그저 마일이 준비해 둔 마법을 쓰게 만들어, 미지수를 배제했을 뿐이다.

'……이겼다.'

리트리아는 승리를 확신했다.

테류시아는 헌터 경력이 고작 1년 남짓인 신인에게 질 사람이 아니다. 위리누도 활잡이가 든 단검 따위에 질 검사가 아니다.

더구나 폴린은 치유 마술사. 라세리나라면 어렵지 않게 제압할 수 있을 터다. 요는 마일의 발만 잘 붙잡고 있으면 승기는 이쪽으로 기울게 되어 있다.

그런데.

메비스는 나노머신 없이도 테류시아와 대등하게 싸우고 있었다. 테류시아가 몇 년에 걸쳐 실전 경험을 쌓은 것처럼, 메비스 역시 어릴 때부터 일류 검사인 아버지와 오빠들의 가르침을 받고 훈련을 거듭해왔다. 메비스는 C등급 헌터와 충분히 겨룰만한 실력이 있었다.

다만, 테류시아의 검은 힘이 약한 여검사의 약점을 보완하기 위한 기술이 담겨 있었기에, 체력이나 힘이 엄청난 가족이나, 마일의 검술과 라디마르류 밖에 배우지 않은 메비스에게는 큰 공부가 되었다.

타시아 또한, 검술 실력이 위리누에게 뒤처질지언정 오랫동안

'여신의 종'의 전위 세 사람을 뒷받침해온 만큼 팀원의 버릇까지 모두 알고 있었기에 생각보다 잘 싸우고 있었다. 그 정도는 해 줘야 적과 아군이 한 데 섞여 싸우고 있는 곳으로 화살을 쏘거나, 활을 버리고 단검을 잡을 수 있는 것이다.

또 라세리나는 언제 폴린의 공격마법이 날아올지 모르는 이상, 방어마법 홀딩을 풀 수도 아군에게 지원 마법을 쓸 수도 없었다.

지금 전위 중 누군가가 마법을 맞는다면 균형은 단숨에 무너진다. 애초에 폴린을 일격에 쓰러트린다는 보장도 없다. 공격마법은 방어 말고 '회피' 하는 방법도 있으니까. 바위 뒤에 숨기만 해도 충분하다.

여하튼 자신들에게 유리한 상황을 생각하면서 마일에게 공격을 가하는 리트리아.

리트리아는 마일이 최대의 적이라고 생각했고, 마일과 마찬가지로 마법과 접근전을 다 할 수 있는 자신이 마일을 잡아야 한다는 의무감에 사로잡혀 있었다. 설령 적수가 되지 못하더라도 말이다.

이미 마법을 쓰기엔 너무 가까웠다. 이제 모든 걸 금쇄봉에 거는 수밖에 없었다.

"우오오오오오오!"

리트리아의 혼신의 일격을 간단하게 검으로 받아내는 마일.

아무리 리트리아의 팔 힘이 강하다고는 하나 마일에게 걸리면…….

뿌직

"엥?"

퍼억!

"허어어어어어어어억~~~~!"

금쇄봉에 맞고 뒤로 날아가는 마일.

……그렇다. 마일이 들고 있는 검은 모의전용 목검이지 평소에 쓰는 애검이 아니었다. 그리고 리트리아가 들고 있는 건 천을 감긴 했어도 엄연한 금쇄봉. 목검을 부러트리기에는 충분했다.

마일의 검이었다면 금쇄봉이라 하더라도 충분히 막을 수 있었을 터. 애초에 금쇄봉에 맞아 날아가더라도 마일에겐 대수롭지 않은 공격이었다. 바위도마뱀이나 고룡과 싸웠을 때처럼…….

하지만 지금은 그런 이야기를 해도 소용없다.

탈락 판정.

그것 이외에는 있을 수 없었다.

"그, 그런……."

날아간 자리에 그대로 주저앉아 아연실색한 채 중얼거리는 마일. 이제 손 쓸 도리가 없었다.

전세가 단번에 뒤바뀌었다.

타시아가 빈틈을 노려 위리누를 쓰러트렸고, 마일의 탈락에 놀

란 폴린이 마법을 리트리아에게 쏘았지만, 라세리나가 곧장 방어 마법을 사용했다. 그 사이에 리트리아의 금쇄봉이 (이번에는 힘을 잔뜩 억눌러서) 타시아를 순식간에 쓰러트렸다. 곧 폴린, 라세리나, 그리고 손이 빈 리트리아가 일제히 다음 공격마법 영창에 들어갔는데, 가장 먼저 영창을 시작한 폴린을 시작으로 마법이 난무했다.

"파이어 볼!"

"파이어 볼!"

"파이어 볼!"

먼저 맞추는 사람이 승리.

세 사람 모두 가장 빠른 공격마법을 노렸으니 같은 마법이 나오는 건 필연이었다.

그리고…….

"아욱!"

"꺄아!"

폴린의 공격이 리트리아에게 명중했으나, 정작 폴린이 라세리나의 공격만 피하고 리트리아의 공격을 피하지 못해 결국 탈락.

천하의 폴린도 그 짧은 순간에 둘을 한 번에 공격할 순 없었는지, 결국 라세리나만 살아남는 꼴이 되고 말았다.

그리고 이와 동시에.

""으윽!""

크로스 카운터로 무승부가 되어버린 메비스와 테류시아.

결국, 마지막까지 서 있는 사람은……

"······나, 나 혼자 남은 거야?"

어느 것 하나 특출 난 부분이 없는 마술사, 라세리나였다.

* *

"수고 많으셨습니다!"

""""""""""많으셨습니다~~~!!"""""""""""

마일의 선창에 건배하는 '붉은 맹세'와 '여신의 종'.

물론 '붉은 맹세'의 네 사람과 '여신의 종'의 미성년자인 라세리나, 리트리아의 잔은 술이 아니라 과즙물이었다. ······'물론'이라고 해도 딱히 미성년자의 음주 금지 법안이 있는 건 아니지만, '붉은 맹세'는 특별할 때를 제외하고는 술을 마시지 않았고, 라세리나와 리트리아 역시 정찬 때 와인을 조금 곁들이거나 할 때 말고는 마시지 않는 편이었다.

이미 마일이 아이템 박스에서 꺼낸 '휴대욕실'에서 느긋하게 땀을 씻어내고 취침용 텐트도 준비했고(아이템 박스에서 꺼내기만 했을 뿐), '휴대용 화장실'(바위로 만들어진 완전 방비 화장실. 역시 아이템 박스에서 꺼내기만 했을 뿐)도 설치를 끝냈다.

그렇게 어느 정도 배가 부르자, 오늘의 반성회가 시작되었다.

오늘 모의전은 '붉은 맹세'와 '여신의 종'이 실력을 겨루기 위한 게 아니라 저마다 연구를 위한 연습 시합이라고 할까, 친선전이라고 할까, 그런 느낌이었으므로 승패는 상관없었다.

"……오늘은 전혀 실력을 내지 못했어요……."

끝까지 남았던 라세리나가 그렇게 말하며 고개를 푹 숙였다.

마지막 생존자. 보기엔 대단해 보일지 몰라도, 잘 생각해보면, 그냥 다른 사람보다 우선도가 낮았다는 의미이기도 했다. 라세리나도 그걸 잘 알고 있었다.

"저는 강력한 공격마법보다, 전위를 마법으로 지원하고 균형을 무너뜨리는 걸 잘하는데, 상대편에 마법사가 있으면 마법전이 벌어지기 때문에 솜씨를 발휘할 틈이 없어요. 더구나 공격마법은 제가 불리한지라……. 지금껏 강력한 마술사가 있는 적과 마주친 적이 없었죠."

일단 마술사라 부를만한 실력이라면 헌터 파티가 아니더라도 귀족이나 상인의 호위 전문이나 군대 사관 등 얼마든지 좋은 직장에 갈 수 있다. 설령 그런 직장이 아니더라도 마을에서 물통이나 토치 역할을 대신하거나 치료원에 가면 그만이니, 어찌 됐든 굶을 일은 없다. 그러다 보니 도적단에 마술사가 끼어있는 경우는 거의 없었고, 있더라도 어차피 마법사라 부르기도 민망한 실력일 게 뻔했다. 기껏해야 생활 마법이나 쓰는 수준이리라.

'여신의 종'은 C등급에 막 오른 참이라 호위 의뢰 경험도 별로 없었고, 호위 의뢰를 받는다고 매번 도적과 마주치는 것도 아니었다. 결국 '여신의 종'은 마법사를 적으로 두고 싸운 적이 거의 없었다.

마일 일행도 그걸 알기에 마법을 쓸 수 있는 리트리아를 추천했던 거고, '여신의 종'도 이를 받아들인 것이다. 보통은 이걸로 해결됐겠지만, 오늘은 상대가 좀 나빴다.

상대편에 뛰어난 마술사가 둘이나 있는 데다, 원거리 공격을 쓰는 검사가 하나 섞여 있었다. 이쪽에는 마술사가 셋이 있었지만 레나가 일찍 퇴장하는 바람에, 결국 마술전이 이어지면서 제 실력을 발휘하지 못했다.

'여신의 종'은 이미 여섯 명이나 되는 큰 파티다. 사람을 더 늘리기도 쉽지 않고, 마술사를 넣더라도 전위 셋에 후위 넷이 되니 썩 좋은 구성이라고 하기는 어려웠다.

더구나 이걸 덮어두더라도, 그냥 여성 마술사 자체가 구하기 어려웠다.

"라세리나가 공격마법이나 근접 전투를 연습하는 것 말고는 방도가 없겠는데."

"으……."

그렇다, 결론은 그것뿐이었다.

라세리나는 테류시아의 말을 듣고 표정이 굳었다.

이건 이미 알고 있던 문제였다. 그렇게 쉽게 해결될 일이면 진작에 해결했을 거다.

"뭐, 앞으로 풀어야 할 숙제지. 다행히 리트리아가 들어와 준 덕분에 마술사 한 명이 늘었고, 적이 마술사를 둘이나 데리고 있을 가능성도 작아. 다만 여기서 더 위로 올라가고자 한다면 리트리아한테 모든 걸 맡겨놓고 있을 수는 없어."

그렇다, 리트리아는 귀족 영애인 것이다. 헌터 일을 하다 노처녀로 만들 수는 없다.

"으으……."

침울해하는 라세리나.

하지만 어쩔 수 없다. 이번 모의전의 의도가 바로 이런 문제를 찾는 거였으니까…….

그런데 침울해하는 사람이 한 명 더 있었다.

"레나 씨, 너무 그렇게 마음 쓸 것 없다니까요……. 전투에서는 반드시 『제일 처음에 지는 사람』이 나오게 되어 있어요. 이번에는 그게 레나 씨였을 뿐이고요. 실전이 아니어서 오히려 다행 아닌가요!"

"…………."

하지만 마일이 다독여도 레나는 반응이 없었다.

아무래도 테류시아의 앞에서 '한 명도 쓰러트리지 못하고 아무런 도움도 되지 못하고 제일 먼저 탈락한 무능함』이라는 꼴사나운 모습을 보이고 만 것이 큰 충격이었던 모양이다.

마일 일행이 첫 공격으로 견제를 넣고, 테류시아를 방어마법으로 지켜냈지 않냐고 열심히 레나를 달랬지만, 활약상보다는 테류시아를 실망시킨 게 아닐까 하는 걱정이 큰지 도저히 기분을 풀지 않았다.

참고로 리트리아는 강한 줄 알았던 마일을 너무 쉽게 이겨 기분이 잔뜩 들떠 있었지만, 이건 어쩔 수 없었다.

"……그나저나 뭐야, 이 요리 가짓수는……."

"진짜 맛있어요!"

"와구! 와구와구와구!"

생각해보면 '여신의 종'에게 마일의 아이템 박스(수납)를 보여준 것도 요리 솜씨를 발휘한 것도 이번이 처음이었다. 아까 텐트와 욕실, 화장실 등을 꺼냈을 때 아무 말도 하지 않은 게 용할 정도였다. 아마 그만큼 '헌터의 법도'에 대한 인식이 깊었던 것이리라.

하지만 그러한 '여신의 종'이라도 음식의 매력에는 이기지 못했다.

"마, 마일, 우리한테……."

무심코 그렇게 말하려는 테류시아의 입을 필사적으로 막는 필리와 위리누.

다른 파티 멤버 앞에서 당당하게 영입 권유를 하다니, 지독한 매너 위반이었다. 구체적으로 어느 정도로 무례한 행동인가 하면, 눈앞에서 대놓고 대뜸 때려도 할 말 없는 정도였다.

그리고 마일이 그런 말에 혹할 리 없다는 사실을 알면서도 원망 어린 표정으로 마일을 노려보는 레나.

……테류시아가 자기를 놔두고 마일을 권유한 게 마음이 들지 않았으리라. 권유받더라도 거절할 생각이면서 말이다.

레나, 난해한 성격이었다…….

그 후 텐트 속에서 계속된 여자 모임에서도 레나는 테류시아가 메비스와 검기에 관한 이야기를 꽃피우는 걸 끼어들지도 못하면서 테류시아 옆에 딱 붙어 오로지 행복한 표정으로 바라보고만 있었다.

((저, 저렇게까지······.))

레나의 지나친 '테류시아 러브'에 학을 떼는 마일과 폴린이었
다······.

* *

"······가버렸어요······."

순식간에 지나간 일주일.

『수행 여행을 하겠다고 전했을 때, 오라 남작이 '얘기가 다르잖
아!' 하면서 난리를 부렸기 때문에 빨리 돌아가지 않으면 큰일
이······.』

테류시아는 그렇게 말하며 고작 일주일 만에 귀로에 올랐다.

하지만 레나는 침울하게 있지 않았다.

헤어져 있어도 각자 씩씩하게 잘 지낼 것이다. 아무래도 그것
만으로 충분한 모양이었다.

살아만 있다면 또 만날 날도 오리라. 죽지만 않는다면.

······그런 것이겠지. 레나에게는······.

이렇게 해서 일주일의 휴가와 '휴가의 연장 같은 일주일'이 끝
나고 '붉은 맹세'의 복귀와 동시에, 마치 기다리고 있었다는 듯
이······ 아니, 실제로 기다리고 있던 길드 마스터가 호출했다.

"너희가 해줬으면 하는 특별 의뢰가 있다. 의뢰 내용은 소규모
상단의 호위. 그리고 목적지는······ 아르반 제국이다."

아르반 제국.

통상(通商) 파괴를 위해 소규모 병사를 보냈던 나라.

그리고 마일, 아니 아델의 모국 브란델 왕국을 침략하려 했던 나라다.

아니, 그야 브란델 왕국도 국제 무역은 하겠지. 나라가 되었든 일반 상인이 되었든.

상단 호위 임무는 흔한 거였고, 상인이 도적에 대비해 호위를 고용하는 것도 특이한 것도 아니었다.

하지만, 그래서 이상했다. 그런 평범한 의뢰를 길드 마스터가 직접 불러서 '특별 의뢰'라고 지명을 부탁한다니, 너무 부자연스럽지 않은가.

……정상적인 의뢰가 아니다.

그것만은 분명히 이해한 '붉은 맹세' 멤버들이었다……

특별 단편　힘내, 마리에트!

　드디어 아우구스트 학원의 입학시험이 다가왔습니다.

　마일 선생님께 이것저것 많이 배웠으니 자신은 있습니다만, 일반 전형이 아니라 장학금 특기생 지망이라 쉽지 않을 것 같습니다. 미아마 사토데일의 소설에 나오는 '너무나 큰 실력의 벽'이라고 할까요.

　아아, 혹시라도 떨어지면 어쩌죠…….

　제가 떨어지면 아버님의 기대를 저버리는 것도 모자라 지금까지 절 가르치신 선생님까지 보수를 받지 못하게 되실 겁니다. 그런 계약이라고 했으니까요. 그건 너무 죄송한 일입니다…….

　필기시험은 걱정이 없습니다……. 산수도, 선생님께 배운 방식대로 풀면 무척 쉽거든요.

　하지만 그건 다른 사람도 별로 어렵지 않게 풀 수 있다는 이야기이기도 합니다. 즉 합격을 가르는 건 실기시험이 된다는 뜻이지요. 필기시험은 가망이 없는 사람을 거르려는 필터에 불과합니다.

　"다음, 183번!"

　아, 제 순서가 왔습니다!

　얼른 가야…….

"수험번호 183번, 마리에트입니다. 잘 부탁드립니다!"

제가 머리를 숙여 인사하자 곧 시험관께서 지시를 내리셨습니다.

"그럼 저 목표물을 향해 가장 자신 있는 공격마법을 쓰세요. 지원마법이나 치유마법 지원자라면 지원계 시험이 따로 있으니 공격마법 시험은 기권하시고 다시 오시면 됩니다."

저에게도 공격마법이 서툴던 시절도 있었지만, 지금은 마일 선생님 덕분에 남들만큼은 할 수 있게 되었습니다.

"해보겠습니다……."

그렇게 말한 저는 대략 10m 앞에 낡은 갑옷을 입혀놓은 나무 인형 표적을 향해 공격마법을 쏘았습니다.

"파이어 랜스!"

퍼~억!

와! 무사히 명중했습니다!

이거면 합격점을 받을 수 있을까요?

"아니, 영창 생략 마법이라니?! 심지어 한 번에 세 발씩이나?! 표적이 날아가 버렸다고!"

"뭐야?! 무슨 일이 일어난 거냐?!"

"방금 난 소리는……."

학원 선생님들이 모여들었습니다.

시험관 선생님이 갑자기 모여든 선생님들과 심각한 표정으로 이야기를 시작하셨습니다. 저는 다음 시험으로 가면 되는 걸까요? 시키는 대로 했으니 이걸로 끝난 거겠지요? 가도 되는 거겠죠?

"수험번호 183번, 마리에트입니다. 잘 부탁드립니다."

"예. 여기서는 공격마법 이외에 자신 있는 마법을 아무거나 보여주시면 됩니다. 어떤 마법을 쓰시겠습니까?"

"자신 있는 마법이요? 으음, 일단 치유마법이랑 방어마법이랑 불·물·흙·바람 기본 마법이랑……."

"네?"

"전부 할 수 있는데요……."

"네에에에에에?!"

왜 그렇게 놀라시는 걸까요? 사실 마법에는 속성이 없다는 걸 마일 선생님께 배운 후로 어떤 마법이든 다 다룰 수 있게 되었습니다. 물론 마일 선생님의 주선으로 수호해주신 여신의 사자분들 덕분이지만…….

문득 시험관의 뒤를 보니, 뿔토끼 몇 마리가 든 우리가 보였습니다. 하나같이 뿔을 잘라 입에 재갈을 물려놓은 상태였습니다. 아마 저 뿔토끼가 마법을 걸 상대인 모양입니다. 사람을 상대로 했다가 실패하면 무슨 일이 일어날지 모르니까요.

마일 선생님께선 치유마법이나 생활 마법으로도 사람을 해칠 수 있다고 하시기도 했고요.

하지만 치유마법을 쓰려면 상처가 있어야 하는데, 그럼 뿔토끼를 일부러 상처 내야 한다는 말이 됩니다. ……좀 내키지 않는군요.

무언가가 저를 공격해온다면 망설이지 않고 요격할 테지만, 그런 것도 아닌데 괜히 괴롭히는 건 내키지 않습니다. 특히 복슬복슬하고 귀여운 뿔토끼나, 동글동글한 눈망울이 특징인 코볼트는 더욱······.

네? 고블린이랑 오크요? 왜 그런 것들을 걱정합니까? 쳐 죽여야죠.

하지만 제가 내키지 않는다고 치유마법을 보여주지 않으면 시험을 통과할 수가 없습니다.

일반 전형이면 모를까, 장학금 특기생은 수업료도 기숙사비도 모두 면제인 만큼 경쟁이 치열합니다. 가뜩이나 오빠들의 학비도 빠듯한 마당에, 제 몫까지 학비를 낼 순 없을 테니 저는 장학생이 아니라면 영락없이 학원을 포기해야 하는 거죠. 아아, 어쩌면 좋을까요······.

뿔토끼도 대단합니다. 밖에서는 날카로운 이빨과 뿔로 사람을 공격하는 어엿한 '마물'인 주제에, 지금은 동정을 사려고 슬픈 눈동자로 온갖 불쌍한 몸짓은 다 하고 있습니다. 너무 비겁하다고욧!

아아아, 담당자분이 우리 속에서 뿔토끼 한 마리의 귀를 움켜쥐고 들어서 제 앞으로······.

"꺄아아아~~!!"

앗? 뭐죠, 갑자기 비명이 들렸습니다! 시험관분도 놀라서 굳어버리셨습니다.

허둥지둥 주위를 둘러보니······.

아앗!

아까 공격마법을 감독하시던 분들이 불길에 휩싸여 바닥을 구르고 계십니다!

"……마력 폭발?!"

틀림없습니다. 마일 선생님께 배운 그대로입니다.

마력 제어에 실패하는 바람에 마법이 불완전하게 발동하는 경우입니다.

보통은 그냥 무산되고 끝나거나, 위력이 약해지거나, 엉뚱한 방향으로 날아가거나, 전혀 다른 마법이 나오거나 하는 '실수' 정도로 끝납니다만, 억지로 강한 마법을 부리려다 실패하면 그 자리에서 '폭발'해버립니다.

그리고 만약 그게 화염 공격마법이면…….

""꾸에에에에엑~~!""

……이렇게 되는 것이지요.

아무래도 점수 욕심을 내다가 지나치게 무리한 모양입니다.

지금도 수험생과 시험관이 데굴데굴 구르고 있는데, 수험생들은 그렇다 쳐도 선생님들도 그냥 넋을 잃고 멍청히 보고만 있군요.

대체 왜…….

아니, 그런 태평한 생각을 하고 있을 때가 아닙니다!

"잠시 실례할게요!"

뒹굴고 있는 두 분 쪽으로 서둘러 달려가서……

"(나노 마신(魔神)님, 도와주세요!), 물폭탄!"

우선 마일 선생님께 배운 물마법을 써야 합니다!

이 불꽃의 원료는 마소(魔素)입니다. 바람이 불어봐야 번지기만 할 뿐이지요. 더구나 빨리 저 두 분의 몸을 식혀야 합니다. 화상이 문제가 아니라 자칫하면 죽습니다.

……됐다! 마소가 물에 밀리면서 불이 꺼졌습니다! 물에 젖었으니 몸도 식었겠지요. 선생님들도 정신을 차리고 움직이기 시작했습니다. 이제 치유마법을 쓰면 괜찮을 겁니다.

그나저나, 아무리 선생님들이 사선을 넘나드는 병사가 아니곤 해도, 수험생들 사이에서 멍하니 서 있던 건 문제가 아닐까 싶네요. 설마…… 그래도 치유마법 정도는 쓰실 수 있겠죠?

"……주, 죽었어……."

"심장이 뛰질 않아! 숨을 쉬지 않는다고……! 뜨거운 바람을 마셔서 숨이 막혔나, 아니면 고통과 공포에 휩싸여 쇼크로 숨이 멎은 건가……."

시험관 쪽은 화상이 심하긴 했지만, 아직 숨이 붙어 있는 것 같습니다. 선생님들이 달려들어 치유마법을 쓰고 있으니 괜찮겠지요. 하지만 수험생 소년은 숨이 멎은 모양입니다. 죽은 사람에겐 치유마법도 통하지 않지요. 다들 비통한 표정으로 바라보고만 있을 뿐입니다.

"에잇, 비키세요!"

"으앗!"

저는 방해만 되는 선생님을 밀치고, 쓰러져 있는 수험생 소년에게 다가가 호흡 상태를 확인했습니다.

……호흡, 없음.

다음으로 심장을 확인.

……심장 박동 없음.

제 머릿속에서, 마일 선생님이 알려주신 구명 처치, 중 심폐소생법의 순서가 빠른 속도로 지나갔습니다.

그거야!

상의를 벗기고, 가슴의 가운데 부근에 손바닥을 댄 다음 1초에 2회 정도의 속도로 압박.

그것을 30회 정도 반복한 다음 턱을 들어 기도를 확보하고 인공……, 이, 인공, 호흡…….

아아! 아아아아아아아아아!

이, 이런! 이러어어어어언!

입을 맞대야 한다니! 하, 하지만 사람의 목숨보다 중요한 것은 없습니다…….

우우우우우우우…….

아아, 적어도 상대가 여자였다면…….

훌쩍훌쩍…….

……으읍.

후읍……, 후읍…….

1회에 1초, 그걸 두 번 반복하고 다시 가슴 압박을 30회. 이 과정을 계속 반복…….

케헥!

소년이 숨을 토했습니다.

저는 소년의 숨이 돌아오자마자 재빨리 떨어진 다음 주머니에서 꺼낸 손수건으로 입을 열심히 닦았습니다.

……아 눈물이 날 것 같습니다.

죄송합니다, 거짓말이에요. 이미 눈물이 흐르고 있습니다.

아아, 저의, 저의 첫 키스가아아아아아아아!

"사, 살아났어…….."

"마, 맙소사!"

"기적이야…….."

"여신이다! 신의 사자다!"

"바보야, 정신 차리고 빨리 치유마법을 걸어! 나머지는 나중에 생각하라고!"

이제 나머지는 선생님들께 맡겨도 될 것 같습니다.

……아, 아직 아닙니다. 뜨거운 바람에 폐를 다쳤을 수도 있습니다. 마일 선생님이 '겉으로 봐서는 모르는, 내상을 주의할 것'이라고 말씀하셨거든요.

어쩔 수 없군요. 한 번만 더 나서겠습니다.

다시 선생님들 사이를 가로질러…….

"(나노 마신님, 도와주세요!), 목구멍, 기도, 폐 치유 및 복구. 폐포, 혈관 쪽을 신경 쓸 것. 가스 교환 기능에 지장이 없도록……. 물론 표피의 화상도 전부 포함해서 메가 힐!"

멍한 선생님들을 그대로 무시하고, 또 다른 한쪽인 시험관 선생님에게도 같은 마법을 걸어 일단락.

"어, 어이, 자, 자네……."

그 자리를 떠나려던 저에게 선생님 중 한 분이 제게 말을 걸었습니다.

"죄송해요, 잠시만 저기 구석에서 울게 해주세요……."

아아, 첫 키스를, 이렇게 많은 사람이 지켜보는 가운데, 생전 처음 보는 상대와.

……네, 울어도 되겠지요?

"……으음, 그래……."

선생님도 눈치채주신 모양입니다.

자, 구석에 있는 나무 뒤로 가서…….

으아아아아아아~~아앙!

시간이 조금 지난 후 시험장으로 돌아오니, 이미 충분히 봤으니 시험을 그만 봐도 된다는 이야기를 들었습니다. 아까 썼던 치유마법과 물 마법으로 채점을 진행한 모양입니다.

뭐, 괜찮겠지요…….

이 밖에 검술, 창술, 궁술, 봉술, 체술 등 여러 가지 무술 시험과 특수 기능 시험도 있는 모양입니다만, 제게 그런 재능은 전혀 없으니 패스하기로 했습니다. 필기시험이 너무 쉬웠으니, 결국 제 점수는 마법이 전부인 셈입니다.

……하지만 수험생이 이렇게 많을 줄은, 도저히 붙을 것 같지가 않습니다.

아아, 제가 학원에 다니는 것은 허황한 야망이었던 걸까요…….

불합격하면 저를 도와주셨던 마일 선생님이 보수도 못 받고 헛일을 하신 셈이 됩니다.

그렇게 되면, 제 용돈을 모아서라도 보수를 대신 드려야겠습니다. 선생님께는 그만한, 아니 그보다도 훨씬 많은 것을 배웠으니까요……

* *

"""""""…………."""""""

정적에 휩싸인 아우구스트 학원 교무실.

"필기시험이 95점? ……85점 이상은 아무나 풀 수 없도록 문제를 냈던 게 아니었나?"

"""""""…………."""""""

"어째서 95점이 있는 거야……."

"아, 잠시만 기다려주십시오!"

학원장의 말을 끊고 교관 중 하나가 끼어들었다.

"그게, 왜 다 풀어놓고 한 문제만 틀렸는지 이상해서 확인해보았는데, 문제가 잘못 나갔습니다. 그래서 그 문제는 배점을 제외하기로 했습니다."

"""""""………….""""""

"영창 생략과 터무니없이 강한 공격마법. 그래, 뭐 이건 그렇다
고 치자. 마법의 재능을 가진 젊은이야 세상 어디 한둘은 있을 수
도 있지. ……그런데 뭔가, 이건? 사망자 소생 마법? 하이 힐도
아니고 메가 힐? 어딘가에서 온 성녀인가? 신의 사자야?"

"""""""………….""""""

그러나 학원장이 믿지 못해도 사실은 변하지 않는다.

이미 교관 중 절반 이상이 현장을 목격했다. 허위나 오해라고
의심할 여지는 없다. 아니, 학원장도 알고는 있었다. 그냥 도저히
믿을 수가 없을 뿐. 덧붙이자면, 시험을 교관들에게 다 떠넘겨
놓고 학원장실에서 놀고 있다가 기적의 현장을 놓친 게 분했을
뿐이다.

……하지만 이 소녀가 이 학원의 학생이 된다면, 또 기적을 볼
기회가 있을지도 모른다.

이 자리에 그 누구도 이 소녀의 합격을 반대할 생각이 없었다.

"……그럼 '마리에트 님'의 장학금 특기생 수석 합격이 결정, 된
것으로……."

모두 일제히 고개를 끄덕였다.

그것 이외의 결론은 있을 리 만무했다.

마리에트는 가문의 후계자가 아니라서 작위가 없었지만, 아무
도 존칭을 붙이는데 의문을 품지 않았다.

……'마리에트 님'.

그렇다. 조금 전 학원장이 한 말처럼 성녀이자 신의 사자.

이미 교관들은 그렇게 믿고 있었다…….

여러분, 오랜만입니다, FUNA입니다.

드디어 11권입니다.

이것이 애니메이션 방영 전에 발행되는 마지막 권이 될 예정입니다.

다음 권인 12권은 애니메이션이 방영 중일 때 나오게 되려나.

이 책이 서점에 깔릴 즈음이면 애니메이션 정보가 풀리고 홍보가 시작되었으리라고 생각합니다.

……아마도요.

애프터 레코딩에 다녀왔습니다.

그림 콘티도, 대본도 봤습니다. 주제가도 들었습니다.

……완벽의 어머니!

이랬는데 잘 안 되면 미련 없이 포기할 것 같습니다.

마일 "일단 12화까지만이라도 봐주세요!"

레나 "총 몇 부야?"

마일 "전부 12화……."

레나 "옛날 학원 친구들은 나와?"

마일 "나와요, 나와!"

메비스 "수영복 나오는 장면은?"

마일 "있어요, 있어!"

폴린 "목욕 장면은……."

마일 "물론!"

레 · 폴 · 메 """………….""

마일 "세세한 건 됐다고요! 목표는 애니메이션 2기입니다!"

레나 "아직 1기도 방영되지 않았는데……."

이번에는 다툼, '만들어진 것'이 살아가는 모습, ……그리고 '원더 쓰리'의 여행.

'여신의 종'과의 대결을 거쳐서 레나 그리고 마일 일행이 과연 성장했을지…….

그리고 찾아온 수상한 지명 의뢰.

'붉은 맹세', 어디로 가는가…….

그리고 코미컬라이즈 쪽도 겹경사가!

네코민트 선생님의 코믹 연재가 8월부터 재개될 예정이며 7월 11일부터 모리타카 유키 선생님의 스핀오프 4컷 만화가 연재됩니다!

물론 게재는 무료 웹코믹스지 『코믹 어스 스타』(http://www.comic-earthstar.jp/)에서!

마일 일행의 새로운 매력이 빵빵 터집니다아아!

집필을 시작하고 3년 반, 1권이 출간된 후로 3년 남짓.

마침내 이 지경까지…….

이제 극장판, 게임화, 파친코 슬롯머신 그리고 할리우드 실사 영화화를 기다릴 뿐!

아, 그리고 코믹마켓에서 '붉은 맹세' 코스프레가 등장하는 것!

……피규어? 피규어는 이미 나왔어요.

여름에 있었던 원더 페스티벌 때 마일, 카오루(『포션빨로 연명합니다!』의 주인공), 미츠하(『노후를 대비해 이세계에서 금화 8만 개를 모읍니다』의 주인공)까지 제 세 작품 주인공이 전부!

……그래요, 그겁니다.

또 한 걸음, 야망에 다가갔다…….

마지막으로 담당 편집자님, 일러스트레이터 아카타 이츠키 님, 책 디자이너 야마카미 요이치 님, 교정, 교열 및 인쇄, 제본, 유통, 서점 등에 종사하시는 관계자 여러분, 감상과 지적, 제안, 충고, 아이디어 등을 아낌없이 주시는 '소설가가 되자' 감상란의 여러분, 그리고 무엇보다도 이 작품을 읽어주신 모든 분께 진심으로 감사드립니다.

그럼 또 다음 권에서 여러분과 만날 거라 믿으며…….

분명히

아니라고

말했잖아요!

이런저런 온갖 이유가 있거나
없거나 해서 삽화가 없었던
마리에트.
이런 느낌의 스핀오프
만화를 보고 싶나요?
애니메이션 정보는
web에서 필수 체크!

저, 성녀님은

亞方 逸樹

아카타 이츠키

저, 능력은 평균치로 해달라고 말했잖아요! 11

2019년 12월 25일 1판 1쇄 인쇄
2020년 1월 1일 1판 1쇄 발행

저 자	FUNA
일 러 스 트	아카타 이츠키
옮 긴 이	조민정
발 행 인	유재옥
본 부 장	조병권
담당편집자	조찬희
편 집 1팀	정영길 김민지 이성호 조찬희
편 집 2팀	김다솜
편 집 3팀	박상섭 김효연 임미나
디 자 인	디자인플러스
라이츠담당	박선희 김슬비
디 지 털	최민성 박지혜
발 행 처	㈜소미미디어
등 록	제2015-000008호
주 소	서울시 마포구 토정로222, 403호 (신수동, 한국출판콘텐츠센터)
판 매	㈜소미미디어
마 케 팅	한민지 한주원
물 류	허석용 최태욱
전 화	편집부 (070)4164-3962, 3963 기획실 (02)567-3388
	판매 및 마케팅 (070)4165-6888, Fax (02)322-7665

ISBN 979-11-6507-177-6 04830
ISBN 979-11-5710-478-9 (세트)